火车探案记

加州彗星号绑架案

[英] M.G.伦纳德
[英] 萨姆・塞格曼 著
[意] 埃莉莎・帕加内莉 绘
刘思捷 译

GUANGXI NORMAL UNIVERSITY PRESS
广西师范大学出版社
・桂林・

JIAZHOU HUIXING HAO BANGJIA AN

出版统筹：汤文辉　　美术编辑：卜翠红
品牌总监：耿　磊　　版权联络：郭晓晨
选题策划：耿　磊　　　　　　　张立飞
责任编辑：吕瑶瑶　　营销编辑：钟小文
助理编辑：梁　缨　　责任技编：郭　鹏

著作权合同登记号桂图登字：20-2021-188 号

图书在版编目（CIP）数据

加州彗星号绑架案 /（英）M.G.伦纳德，（英）萨姆・塞格曼著；（意）埃莉莎・帕加内莉绘；刘思捷译．—桂林：广西师范大学出版社，2021.8
（火车探案记）
书名原文：Kidnap on the California Comet
ISBN 978-7-5598-3884-1

Ⅰ．①加…　Ⅱ．①M…　②萨…　③埃…　④刘…　Ⅲ．①儿童小说－长篇小说－英国－现代　Ⅳ．①I561.84

中国版本图书馆 CIP 数据核字（2021）第 109224 号

广西师范大学出版社出版发行
（广西桂林市五里店路 9 号　邮政编码：541004
网址：http://www.bbtpress.com）
出版人：黄轩庄
全国新华书店经销
唐山富达印务有限公司印刷
（唐山市芦台经济开发区农业总公司三社区　邮政编码：301501）
开本：880 mm × 1 240 mm　1/32
印张：11.5　　字数：135 千字
2021 年 8 月第 1 版　　2021 年 8 月第 1 次印刷
定价：49.80 元

献给我在美国的好友们——洛伊德（西蒙·琼斯博士）和麦克·维奥拉。

我非常想念你们。

M. G. 伦纳德

献给我的侄子莫提。

祝你一生拥有无数精彩的冒险。

萨姆·塞格曼

加州彗星号
路线图

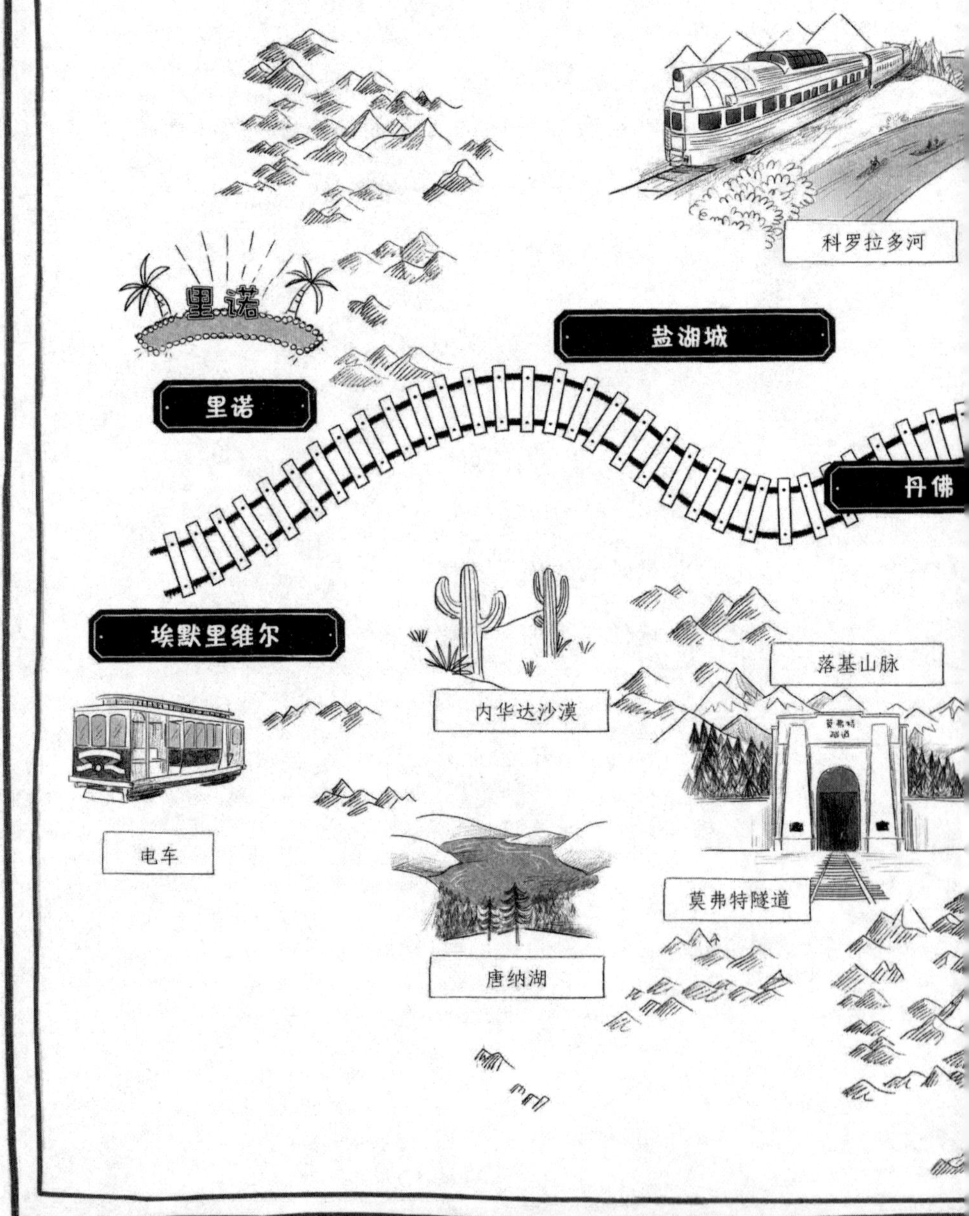

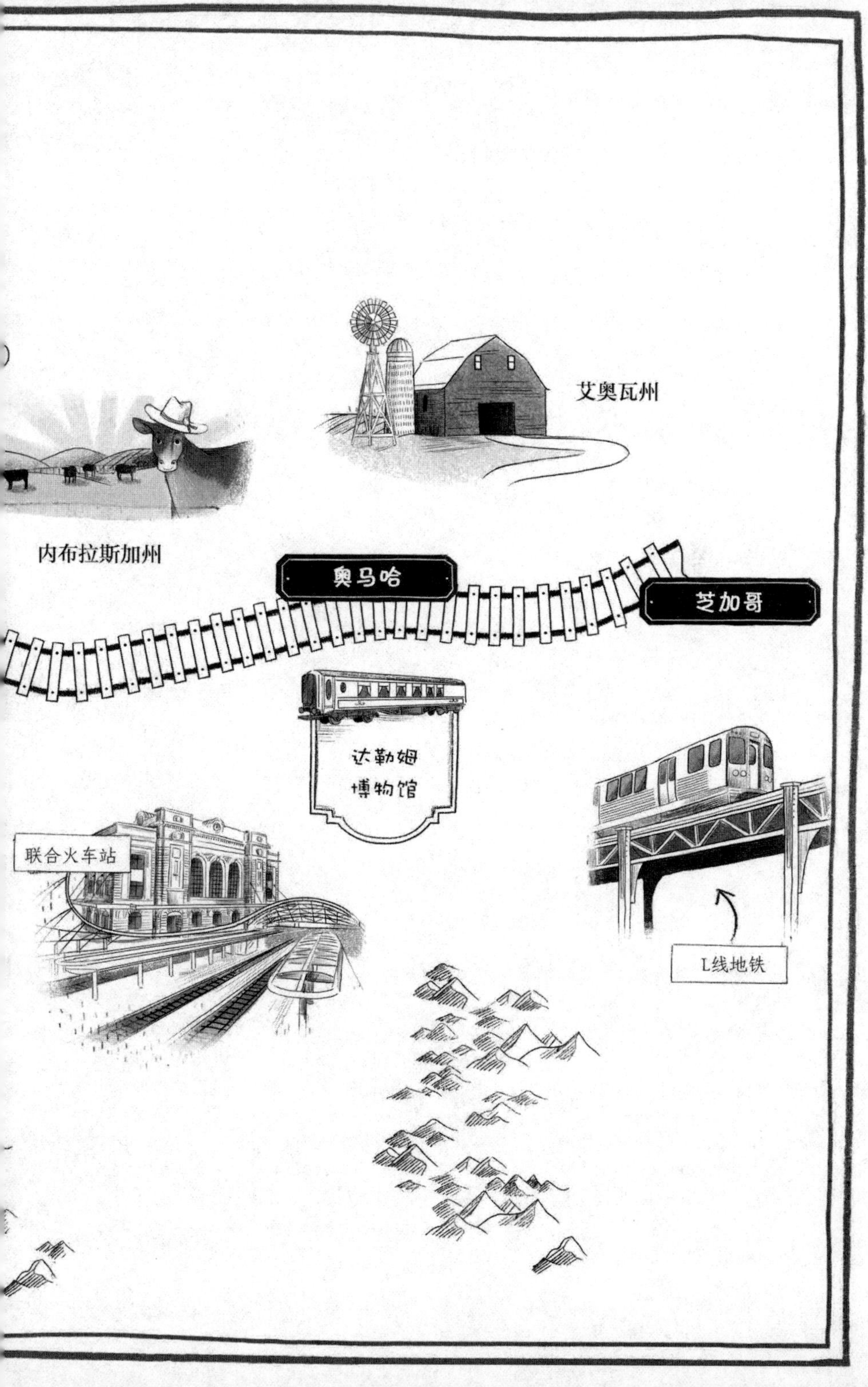
艾奥瓦州
内布拉斯加州
奥马哈
芝加哥
达勒姆
博物馆
联合火车站
L线地铁

火车上森罗万象：一顿美味的大餐、一场热情的狂欢、一个有趣的牌局、一个密谋的计划、一夜甜美的好梦，以及陌生人俄罗斯短篇小说式的独白。

保罗·索鲁

目录
CONTENTS

第一章

芝加哥

走进芝加哥①联合火车站的大门，就像走进了一座大教堂。哈里森·贝克和他的舅舅纳撒尼尔·布拉德肖停下了拖着行李箱的脚步，抖了抖衣服上的雨水，打算好好地欣赏一下这座颇有气势的大理石车站大厅。

“这里简直就是宫殿、图书馆和教堂的大合体。”哈里森一边环顾四周，一边说道。

“这里很有名气。”舅舅对哈里森的话表示同意。“即使不赶

① 芝加哥为美国中东部伊利诺伊州的一座城市。——译者注

火车，这里也非常值得你来好好看一看。人们还在这里拍了一部著名的黑帮枪战片，”他伸手指了指，“就在那些台阶上。”

哈里森想象着眼前的白色台阶上出现了那些枪战片里常有的血淋淋的景象，不禁打了个寒战。

“火车在哪儿？”

“在地下，”纳撒尼尔舅舅说，“火车通过城市的地下隧道进入站台。”

哈里森前一天刚刚乘坐了 L 线地铁——芝加哥的城市地铁，这趟地铁行驶在街道上方的高架桥上，隆隆地穿梭在市区的高楼大厦之间。想到这有趣的对比，他哈哈大笑起来，说道：“地铁在高架桥上，火车却在隧道里！”

“没错！”纳撒尼尔舅舅说着，拿起了行李箱，“好了，走吧，我们去找大都会休息室。”

哈里森兴奋不已地扶着黄铜栏杆，跟着舅舅走下了大理石楼梯。对于这一趟旅行，他已经期待好几个星期了。自从那个夏天乘坐高地猎鹰号回到家之后，他的生活又回归到单调乏味之中。他的小妹妹艾丽带着她的奶瓶、眼泪和脏尿布接管了整栋房子，而他的父母总是疲惫不堪，平淡的生活没有什么兴奋点。

但当纳撒尼尔舅舅带着哈里森的新宠物——贝莉来了之后，一切都变了。那只毛茸茸的白色萨摩耶犬已经从王室蒸汽火车之旅中彻底恢复了过来，哈里森见到它时简直欣喜若狂。

“哈尔[①]，你还记得我曾经说过有人邀请我搭乘加州彗星号穿越美国吗？”纳撒尼尔舅舅说这话的时候，哈里森正和贝莉在地板上打滚，哈里森的妈妈则正在一旁泡茶。“正好是十月份学校放假的日子，”舅舅说道，他的眼睛闪闪发亮，“怎么样？你准备好再一次迎接奇妙的旅行了吗？”

哈里森兴奋地大叫起来，贝莉也跟着一阵狂吠。不过哈里森的爸爸妈妈有些担心费用的问题，但纳撒尼尔舅舅坚持说一切都安排好了。作为一名记者和旅行作家，他接到一份工作，要去参加著名企业家奥古斯特·雷扎举办的一场重大新闻发布会并进行报道，车票的钱将由报社支付。

“十月份你就要过十二岁的生日了，对吗？”纳撒尼尔舅舅说，“把这次旅行当作我送给你的生日礼物吧！”

哈里森需要办一本护照。他还买了一个新的速写本、一罐画画用的铅笔和一个卷笔刀。

① 哈尔为哈里森的昵称。——译者注

哈里森乘坐的是飞往芝加哥的航班。这是他自出生以来头一次乘坐飞机。飞机一跃而起，冲向英格兰灰色的天空。在这样的天气里飞行，给他的旅行增加了一些额外的担忧。几个小时之后，他终于降落在了世界的另一端。头顶着异国他乡的阳光，他眨了眨眼睛，这种感觉着实让他有些恍惚，这也使他意识到自己还是更喜欢亲眼看到那些在旅途中经过的地方——他更喜欢乘坐火车而不是飞机。

纳撒尼尔舅舅在台阶旁停下脚步，指着远处的一扇玻璃门说：“那里是个休息室，我想喝杯咖啡。”

“我想把火车站大厅给画下来。”哈里森说。

“确实值得一画。我们还有很多时间。把你的箱子给我。”纳撒尼尔舅舅握着箱子的扶手说道，“你画完了就过来找我，我就在热饮区的附近。”

哈里森拿出速写本和一支铅笔，仔细打量着这个大厅。他在纸的正中间先画出了一个鼓的形状，并把售票处作为整幅画的焦点。接着，他用垂直的线条在两侧勾勒，用来表现大厅里的科林斯式立柱，大厅里还悬挂着一面大如船帆的美国星条国旗。

一个穿着皱巴巴的西装、提着手提箱的男人正站在楼梯的顶部看着手中的表。哈里森用铅笔把这个身影定格在自己的画中。之后，他的目光扫过白色的地板，看到一个阿曼门诺派[1]家庭正聚在售票处的周围。他们的帽子和围裙让他想起了历史书中的人物。画完那些用来表示大厅里木质长凳的对角线后，他注意到一个红头发的女人。她穿着一件长长的蓝色羽绒服，一只蜥蜴像围巾似的缠在她的肩膀上。“那是一只松狮蜥吗？”哈里森一边想着，一边把她加到了自己的画里。

一个身材魁梧的男人正穿过火车站大厅，他穿着一套颜色看上去搭配得非常不和谐的运动服——蓝色的裤子和黄绿色的上衣，身后还跟着一个穿着牛仔裤和红色T恤，戴着牙齿矫治器的可怜男孩。两人正从一个西装革履、戴着墨镜、肌肉发达的男人身旁走过。那个戴着墨镜的男人也在大步地穿过大厅，一个身穿灰色无袖连衣裙、粉色羊毛开衫的金发女孩在他身边蹦蹦跳跳地走着。女孩朝那个戴着牙齿矫治器的男孩笑了笑，眨了眨眼睛，但男孩把目光移开了。

---

① 北美洲戒律严谨的基督教保守派别，过简朴的农耕生活，拒绝使用某些现代技术。——译者注

车站里面熙熙攘攘，哈里森抬头望着大厅的玻璃天花板。突然，他觉得脖子后面一阵刺痛，这感觉使他觉得自己身上仿佛有一根天线，接收到了一个预示着一场神秘旅行的信号。他向后退了一步，看了看。

“嘿！小心点儿，小子！”一个声音在他身后响起。

哈里森猛一转身，迎面撞上了一个黑头发、蓝色眼睛有些凸出的男孩。“对不起！我没看到，我正在画这座大厅。”他连忙举起自己的速写本，向那个男孩说道。

男孩歪着头，重复着哈里森的话："我正在画这座大厅。"

哈里森皱了皱眉头，无法确定对方是不是在嘲笑自己。

"你是英国人，对吧？"男孩急切地问道，"再用英式英语说点儿别的。"

"我……呃……嗯……"

"我……呃……嗯……"男孩也跟着学了起来，然后看着哈里森一脸困惑的表情哈哈大笑，他挥了挥手，"别介意，我经常这么做。你今天要坐火车吗？"

哈里森点了点头，说道："我要乘坐加州彗星号一路前往旧金山①附近的埃默里维尔②。"

"嘿，我们同一趟车！"男孩用手搂住哈里森的肩膀。"真是太棒了。你得见见我妹妹哈德莉，她在大都会休息室。来吧。"男孩热情地说道。

哈里森回头瞥了一眼拱形的天窗，迟疑地说道："但我想画完……"

"你饿吗？我饿死了。休息室里的薯片和汽水是免费的。"

---

① 旧金山为美国中西部地区加利福尼亚州的一座城市。——译者注

② 埃默里维尔为美国中西部地区加利福尼亚州的一座城市。——译者注

男孩拍了拍哈里森的后背，热情地推着他向玻璃门走去，“哈德莉要是听到你说话一定会抓狂的。顺便说一下，我叫梅森，梅森·莫雷蒂。”

哈里森露出害羞的微笑，表示投降。他把速写本和铅笔塞进了黄色夹克的口袋里，说：“我叫哈里森·贝克。”

“这边走，哈里森。”梅森领着他走进休息室，来到一张桌子前。一个蜜色卷发的女孩正在玩纸牌。“嘿，哈德莉，来见见哈里森。”梅森对那个女孩说道。

哈德莉一边打量着四周，一边用让人眼花缭乱的手法洗好了纸牌。她穿着一件紫色的连帽衫，衣服前面印着“眼之所见，耳之所听，心之所信。哈利·霍迪尼[①]”。

“嗨！”她朝哈里森笑了笑，她的牙齿整整齐齐，非常好看。

“哈里森是英国人。”梅森用手肘顶了顶哈里森，“快，说点儿什么。”

“非常高兴见到你。”哈里森说完，感觉自己已经是满脸通红了。

① 美国著名魔术师、催眠师。——译者注

“非常高兴见到你。”梅森模仿着哈里森。

“我希望你别再这样了。”哈里森低声咕哝着。

“我希望你别再这样了。”梅森并没有理会哈里森，继续模仿着。

“梅森喜欢模仿别人说话，”哈德莉棕色的眼睛里充满了热情，对人的态度也十分友好，“这一点的确让人很恼火，但他学得真是惟妙惟肖。”

“我以前从来没有模仿过英国人说话。”梅森看着哈里森，他说话急切的样子就像一个饥饿的动物面对一份食物似的，“我知道了，你把字母表念一遍给我听！等一下，我得把我的录音机找出来。我一定要把你的声音加入我的语音库。”

“语音库？”

“我会把声音收集起来，这样我就可以练习单词的发音和嘴型了。”梅森动了一下他的嘴唇，做出了几个颇为惊人的嘴型，发出了几个不同的元音。他橄榄色的皮肤看起来非常有弹性。

“你不会想要我的声音的，”哈里森说，“我来自英国北部一个叫克鲁的地方。我的口音可没有女王那么优雅。”他可不想在火车上给眼前的这个语音模仿大师充当小白鼠。

“你多大了？”哈德莉问。

“十二岁。”哈里森答道，他可不愿意承认自己的生日其实才刚刚过去三天。

“我也是。”

“我十三岁了。”梅森说。

“真的吗？”

哈德莉咯咯地笑了：“所有人都以为梅森是我的弟弟。”

“个子矮并不是什么过错，”梅森厉声地说，“最好的演员都是矮个子，我还在长身体呢！”

哈里森意识到一段重复了很多遍的争吵可能马上就要开始了，于是他连忙转移了话题，他问梅森：“你不是说有免费的薯条[①]吗？”

“对，在这儿。”梅森把他带到一个柜台前，那上面的一个大碗里装着一袋袋色彩鲜艳的薯片。

“这些不是薯条。”哈里森说。

---

① 梅森说的是“chips”，这个词在美式英语中指“薯片”，而在英式英语中指“薯条”，因此才有了之后的误会。——译者注

“是的，就是薯片。”梅森说。

“薯条是土豆做的。”

“没错。”

“薯条是热的，蘸着番茄酱吃的。这些是薯片。”

“哈里森说的是薯条。”跟着他们来到柜台前的哈德莉一边对梅森说，一边抓起碗里的一个小袋，拆开了包装。

“你说薯条是薯片，薯片是薯条？”梅森摇了摇头，“它们太不一样了。”

“美国真是让人搞不懂。”哈里森说着，也拿起了一袋薯片，“昨天我点了一份比萨，可送来的却是一个派！”

“嗯，深盘比萨，”哈德莉咂了咂嘴说，“那是芝加哥的特色美食。”

“你在这儿呀，哈尔。”纳撒尼尔舅舅不知什么时候进到了休息室。他穿着彩虹的条纹毛衣、蓝色的西装和一双一尘不染的白色运动鞋，在人群中非常显眼。“已经交到朋友了？”舅舅问道。

“这是梅森和哈德莉。”哈里森向舅舅做着介绍。

“很高兴见到你们，”纳撒尼尔舅舅与他们握了握手，“我是哈里森的舅舅，纳撒尼尔·布拉德肖。”

哈里森看着梅森的嘴在不出声地模仿着舅舅说话。

“你们也要搭乘加州彗星号吗？”纳撒尼尔舅舅问。

“对，我们要去里诺[1]。”哈德莉答道，她试图把纳撒尼尔舅舅的注意力从梅森身上移开，“爸爸在那儿的一家娱乐场所工作。”

---

① 里诺是美国中西部地区内华达州的一座城市，为旅游胜地。——译者注

“你们的爸爸是那里的管理人员？”

“他是一名艺人。”哈德莉回答说。

“多好啊！”

“多好啊！”梅森悄悄地模仿着。

“哈尔，该把行李送去行李车厢了。”纳撒尼尔舅舅说道。他又朝哈德莉和梅森点了点头，接着说道：“相信我们在火车上还会再见面的。”

挥手告别后，哈里森背上背包，帮舅舅把箱子拖出了休息室。一个拿着萨克斯的艺人在大厅里摆好了乐谱架子，舅舅靠上前去欣赏艺人的表演。哈里森迅速取出速写本，只要给他几分钟，他就能把眼前的场景一一画下来。一首曲子结束了，纳撒尼尔舅舅往艺人的箱子里扔了几美元，然后和哈里森一起向行李柜台走去。跟着舅舅穿过车站大厅时，哈里森的心里产生出“要像舅舅一样”的愿望——纳撒尼尔舅舅无论在哪里都能像在自己的家里一样自如。

用小挂锁锁好行李箱，办好行李托运手续之后，纳撒尼尔舅舅在一张大大的美国地图前停下了脚步。他把小挂锁的钥匙放进自己的口袋里，拿出了他们的火车票。

“我们要到南门去，F 号轨道。加州彗星号是五号列车。”

“美国国家铁路公司是什么？”哈里森指着那幅地图上标着的“美国国家铁路公司”的字样问道。地图上满是纵横交错的红线，每一根都代表着一条铁路路线。

“美国国家铁路公司经营着美国的客运列车。”纳撒尼尔舅舅指着地图中央的一个点说：“我们在这儿——芝加哥。”接着，他的手指沿着地图上的一根红线向西指了指，接着说：“我们将穿过艾奥瓦州和内布拉斯加州的农田、科罗拉多州冰雪覆盖的落基山脉[①]、犹他州的沙漠以及内华达山脉[②]的森林。我们要在那里转向西南方，前往加利福尼亚州的海滨，并最终抵达目的地。”

哈里森抬头看了看舅舅，两人相视一笑——他们像极了两个准备跳伞的人。“我们去找火车吧！”哈里森说。

---

① 落基山脉为北美洲科迪勒拉山系的主干，分布在美国和加拿大境内。——译者注

② 内华达山脉位于加利福尼亚州东部，虽然名字里有“内华达”，但不在内华达州。——译者注

第二章

银色童子军车厢

他们走下一条斜坡，来到了一排地下站台前，每个轨道上都停着一列像哈里森家房子那么高的火车。

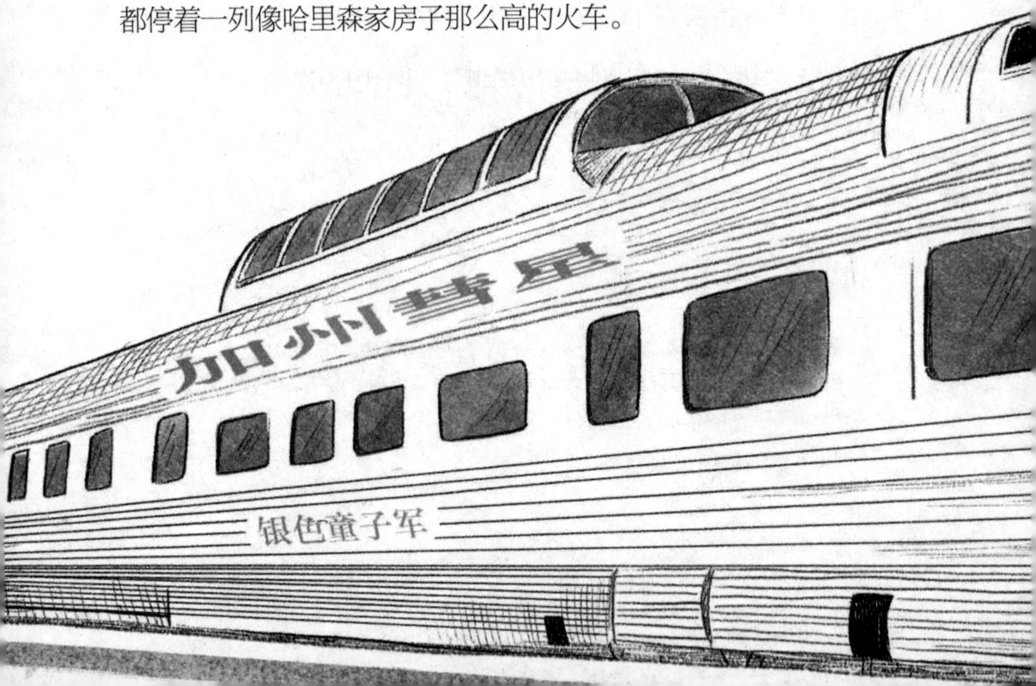

“它们真大啊！”哈里森惊呼道。

“双层火车，”纳撒尼尔舅舅边说边向F轨道走去，“这样的火车在欧洲都是标准配置。只有我们英国才有小火车。”

“为什么？”

“我们的隧道修建得都很矮，这些超级火车可没法儿穿过博克斯隧道。”纳撒尼尔舅舅停下脚步，低声吹了一声口哨，“哇哦，你看看那个。”

出现在哈里森面前的是一节银色子弹形状的旧车厢，这节

车厢被擦拭得锃亮，看上去就像是新的一样。车厢彩色窗户上方的外壁用艺术风格的字体漆着“加州彗星”几个字，窗户下方则漆着“银色童子军”几个字。

哈里森目瞪口呆地看着这节与众不同的车厢。

“这是1948年为加州彗星号打造的六节圆顶观光车厢中的一节。”走近一些后，纳撒尼尔舅舅压低了声音，“我听说奥古斯特·雷扎把其中的一节改装成了他的私人轨道车。”他看着哈里森，悄声说道：“肯定就是这一节。”

“私人轨道车？”哈里森还从来没有听说过这样的东西。

“属于某个人的车厢，或者说属于你自己的一节车厢，可以加挂在任何一列火车上。”纳撒尼尔舅舅说道，“我真想知道这节车厢里面是什么样子的。”他虔诚地用指尖拂过“银色童子军”几个字。

哈里森放下背包，跪在地上，从口袋里掏出速写本，说：“我要把它画下来。”他拿出那罐铅笔，把其中的一支削得尖尖的，然后把速写本在自己的膝盖上摊开，画出了子弹形状的车身和车身上的那些纹路。接着，他又几笔勾勒出了车厢后部霓虹灯的轮廓，那些霓虹灯组合出了“加州彗星”几个字的图案。

“我去另一头看看。”纳撒尼尔舅舅说完便离开了。

哈里森画出了车厢流线型的顶部，那些从车厢顶部的中间隆起、用银色框架固定的车窗让他想起了飞机的炮塔。

“你知道自己在做什么吗，孩子？”一句问话传来。

哈里森一下子愣住了，他抬头发现原来是车站大厅里见过的那个肌肉发达的男人在说话。“我在画银色童子军车厢，先生。”他举起了他的速写本说道。

男人交叉着双臂，这使得他胳膊上的肌肉高高地鼓起。“这是一节私人车厢。”他说道。

“别这样，伍迪。”哈里森先前在车站大厅里看到过的那个穿粉色羊毛开衫的金发女孩从这个男人身后走了过来，她看上去和哈里森差不多大。她瞥了一眼哈里森的画，露出了笑容。“嘿，画得很好！”她赞叹道，柔和的声音中带有一点儿法国口音，“我也画画——主要是画漫画。我会模仿《阿斯泰里克斯历险记》和《丁丁历险记》来练习，但我也会自己创作。”

“这些只是轮廓。”哈里森站起身来，“上了火车之后，我会把它们进一步细化。这难道不是你见过的最酷的车厢吗？”

“这是我爸爸的。”女孩耸耸肩，一副无动于衷的样子。

“她就是奥古斯特·雷扎的女儿！”哈里森心里暗暗想着。想到纳撒尼尔舅舅还要进行新闻发布会的报道，他礼貌地伸出手来说：“我的名字叫哈里森。”

伍迪伸出一只胳膊阻止他们握手，但女孩闪开一步，用双手抓住了哈里森的手。

“雷扎小姐！”伍迪说。

“冷静点儿，伍迪，”她略带责怪地说道，“你不要像个食人魔一样站在这里。他是不会欺负我的，要不就是你担心自己打不过他？”

“那人一定是她的保镖。”哈里森心里想着。他想笑却不敢笑，生怕触怒了伍迪。

“我叫玛丽安。你也要搭乘加州彗星号吗？”

“是的，我和舅舅一起去埃默里维尔。你要去哪儿？”

“唉！”她闷闷不乐地呼了一口气，吹起了前额上的刘海，“谁知道呢？我听我爸爸的。他什么都没有告诉我，但我们住在硅谷[1]，离埃默里维尔也不远。”

“噢，我懂了。”哈里森说。看来玛丽安并不喜欢这趟火车之旅。看着她的样子，哈里森想起了自己第一次被送上高地猎鹰号的感觉。“也许情况没那么糟。”他说。

伍迪大声地清了清喉咙。

“哎，好[2]！”玛丽安说着，朝伍迪翻了个白眼。“我得走了。或许我们在火车上还会再见面。”她在哈里森的脸颊旁亲了一下，压低声音说道，“我要逃离这个食人魔去找你。说不定我们可以一起画画。”说完，她向后退了几步，挥了挥手，让伍迪领着她走进了银色童子军车厢。

哈里森目瞪口呆地盯着车门。这是他和女孩之间最令人困惑的一次邂逅。他真希望他的朋友玛琳现在和他在一起，她肯定能解释清楚刚才发生了什么。

“你画完了吗？”纳撒尼尔舅舅大步向他走来，“我们该去找我们的车厢了。”

哈里森点了点头，跟着舅舅沿着站台往前走。虽然普通双

---

① 硅谷位于美国加利福尼亚州，是美国微电子工业中心和高新技术聚集地。——译者注

② 原文为法语。——译者注

层车厢和雷扎的私人车厢都被喷涂成了银色，但是这些普通车厢周身有许多凹陷和磨损，上下两层的窗户之间有一道蓝色的条纹，顶部还有一道红白相间的细条纹。

“我们的车厢在这里，”纳撒尼尔舅舅指了指，“540号车厢。”

他们走进车厢，一位身穿深蓝色制服、留着棕色卷发的女子在里面迎接他们。“你们今天要和我们一起去旅行吗？”她笑着问道。

“是的。”纳撒尼尔舅舅答道。

“太好了！请出示你们的车票，先生。”女子检查了他们的车票，笑着说道，“你们没找错。我叫弗朗辛，你们的乘务员。你们在10号包厢。我领你们过去。”她领着他们经过一个行李架，走上了一段细长的楼梯。

“我们在顶层！”哈里森激动地喊道。

“当然了。”弗朗辛回头对着他笑了笑。

楼上走廊两侧是一扇扇推拉门，哈里森看到每个推拉门后都是一个小包厢，里面都有两张面对面摆放的蓝色大座椅。

“你们的包厢就在这儿。”弗朗辛站到一边让他们进了包厢，“你们先休息一下，我马上回来帮你们订晚餐。你们如果有什么需要，直接喊我就行。”

“真是温馨哪！”弗朗辛离开时，纳撒尼尔舅舅高兴地感慨道。随后，他关上门，把皮包扔在了其中的一张蓝色大座椅上。虽然包厢里布置得非常紧凑，但座位依然很宽敞，他们拥有足够的空间。

哈里森爬上另外一张座椅，拉了拉把手，拨动了一下开关，他急切地想要发现这个小包厢里的秘密。“真酷！”一张画有棋盘的桌子从窗户下面翻了出来，他问舅舅，“您觉得弗朗辛会有棋子吗？”

“有可能。”纳撒尼尔舅舅指了指插座说，“看，你可以给游戏机充电了。”

“我没带游戏机。”

“是吗？”纳撒尼尔舅舅看上去非常惊讶。

“我不想错过任何东西。”哈里森感觉自己的脸有些发烫，“要是我玩游戏的话，有可能会错过旅途中有趣的事情，您懂的，特别是那些有挑战的、奇妙的事情。”

“我很高兴，”纳撒尼尔舅舅说，“不过我们不太可能再有上次那样的经历了。”

“我想，保持警惕也没什么不好的，对吧？”哈里森想起了玛丽安·雷扎和她那位肌肉结实的保镖，不知道她会不会真的跑过来找他。

“对。”纳撒尼尔舅舅说道。他取下了眼镜，用衣服的下摆擦

了擦镜片，重新戴上后接着说道：“不过，奇妙的旅途并不一定会牵涉到犯罪。”

“惊险的旅途肯定会包括犯罪。”

纳撒尼尔舅舅哈哈大笑：“你长大了肯定会成为一名火车侦探。”

哈里森觉得火车侦探倒真是个不错的工作。他指着窗户上方一块嵌进去的板状物体问道：“如果上铺在那里，那另一张床在哪儿？”

“你坐着的就是。”纳撒尼尔舅舅拉动

地板上的一个钩子，哈里森的座椅开始向对面的座椅滑动，两张座椅拼成了一张平整的床铺。

“真棒！”

纳撒尼尔舅舅在哈里森的身边坐下，说道：“透过这扇窗户，你可以看到沿途各种不同的景象。”

“我以为这里会和英国很相像，但其实并不一样，对吧？这里的一切都是加大号的。马路更宽，汽车更大，甚至连食物的分量也大了不少。”哈里森停顿了一下，他对自己能梳理出对美国的印象有点儿吃惊，“这让我觉得自己很渺小。”他老老实实地说出了自己的感受。

“你会习惯的。等你回家之后，你会觉得克鲁的一切都很小。”纳撒尼尔舅舅从眼镜上方看了看哈里森，“旅行会改变你。对新地方感到惊奇就是其中很重要的一部分，它会让你思考不同的生活方式。”说着，他从包里拿出日记本和铅笔盒，并把它们放在了座椅旁的一个角落里。接着，他挽起袖子，看了看左手腕上三块手表中的一块。以前，哈里森对舅舅同时戴着六块手表觉得非常奇怪——这些分别显示着伦敦、纽约、东京、柏林、悉尼和莫斯科时间的手表，每一块都是舅舅旅行时的纪念品。纳撒尼尔舅舅曾经解释过，不管他身在何处，都想了解世界上其他国家的时间。“我们现在还有时间，可以到站台上去看看火车头，你想去吗？”舅舅问他。

“走吧！”哈里森一跃而起，拉开了包厢的门。一个涂着晶莹的唇彩，将浓密的焦糖色头发在头顶扎成丸子形状的女人出现在他的眼前。她穿着黑色皮夹克、灰色毛衣和牛仔裤，此时正盯着哈里森。“噢！你好。”她说。

“你一定是我们的邻居了。”纳撒尼尔舅舅笑着说道，“我是纳撒尼尔·布拉德肖，这是哈里森。”

“瓦妮莎·罗德里格斯。”她一边说，一边砰的一声把沉重的行李包扔进了对面的包厢。她走进包厢，拉上蓝色的窗帘，并把包厢的门关上了。

“我猜她不希望被人打扰。”纳撒尼尔舅舅小声地说，“我们走。”

他们沿着站台小跑了起来。很快，他们来到了单层的行李车厢，看到叉车正在搬运一个又一个行李箱。当他们接近火车的前部时，引擎震动的声音似乎变成了咆哮的声音，哈里森感觉自己的肋骨似乎也被震动了。空气中弥漫着柴油的味道。

两个蓝色和银色相间的火车头在地下车站的阴影里咆哮着，排气管嗡嗡作响地喷出废气。每一个火车头都有一辆铰接式卡车那么大，它们都有一张正脸——在两对发出亮光的圆形前灯上方是两块大大的挡风玻璃。

“它们看起来没有蒸汽机车那么友好！”这里的声音实在太

大了，哈里森不得不提高嗓门，好让舅舅能听到他说的话。

“柴油电动车，”纳撒尼尔舅舅点点头回应，“它开了先河。这里面有一个发电机，它的功率是A4太平洋型火车头的两倍。”他凝视着火车头，感叹道：“太华丽了！”

“为什么会有两个火车头？”

“它们要把这列重型火车拖上落基山脉。”纳撒尼尔舅舅朝车厢的方向挥了挥手，“如果只有一个火车头，万一它坏了，那我们就麻烦了。”

哈里森盯着最前面的火车头，它仿佛在怒视着自己。他把手伸进口袋，却发现速写本忘在包厢里了，于是他认真观察了一下火车头的形状，希望之后能根据记忆把它画出来。

纳撒尼尔舅舅戳了戳哈里森的胳膊。行李车厢的门关上了，那些空的叉车也开走了。“该走了。”舅舅说。

往回走时，哈里森看见弗朗辛把身子探出车厢外，对着他们招手，催促他们快一点儿。他们赶紧跑了起来。看着他们急匆匆地登上火车，弗朗辛咯咯地笑着说：“我不会让火车丢下你们先走的！”她的话音刚落，他们身后的车厢门便关上了。

他们走进自己的包厢。刚一坐到座位上，他们就看到窗外联合火车站的混凝土柱子一一向后滑去。

“这是什么？”纳撒尼尔舅舅弯下腰，从地板上捡起一封信。他从信封里抽出一张卡片，高兴地深吸了一口气，叫道：“哈尔！这是奥古斯特·雷扎写给我们的。他邀请我们去银色童子军车厢与他见面！”

第三章

玛丽安·雷扎的坏脾气

当加州彗星号驶出火车站时，阳光洒进了他们的小包厢。窗外的景色从芝加哥摩天大楼逐渐变成了混凝土高速公路，接着是宽敞的房屋，再往后便是秋日里挂满了金黄色和暗红色树叶的树木。

“到内珀维尔[1]大概还需要一个小时。”纳撒尼尔舅舅一边兴高采烈地说着，一边把笔记本和笔塞进了衣服口袋里，“今晚的新闻发布会之前，我们有充足的时间可以好好地看一看那节私

① 内珀维尔为美国中东部伊利诺伊州的一座城镇。——译者注

人车厢，还可以向奥古斯特·雷扎问一些问题。”

“我们不能现在就过去吗？”哈里森急于知道银色童子军车厢内部的情况，而且他也想知道自己能不能再次见到玛丽安。

“没有连接门可以直接过去。”纳撒尼尔舅舅摇了摇头说，“雷扎的私人车厢比超级客车的车厢老旧得多，只能从火车站的站台上进入，所以我们只能等火车停下来了再过去。”

“所以我们要等列车到了内珀维尔才能过去？”

“没错，”纳撒尼尔舅舅望向窗外，“我很想知道今晚新闻发布会的主题是什么，不知道他会不会提前给一些暗示。”

“奥古斯特·雷扎是做什么的？”

“他是一名科技企业家，靠开发电池发了财。”

“电池？”哈里森觉得非常惊讶，居然有人能靠电池这么普通的东西发财。

“不是你在超市买的那种电池，是一种特殊的电池——为卫星或深海钻探设备提供动力的那种。”舅舅看了看哈里森说，“他投资了电动汽车、机器人、手机……当然了，全都是用他开发的电池供电。想想看，每个电子设备都必须依赖电池。”

“新闻发布会是关于电池的吗？”哈里森一想到自己在火车到站之前必须老老实实地在包厢里坐着，就忍不住做了个鬼脸。纳撒尼尔舅舅看着他滑稽的样子笑了。

“不知道。这是一个秘密。当然，这也让所有人都很激动。”

“也许跟火车有关，”哈里森说道，“所以他们邀请了您，因为您是火车旅行方面的专家。”

“可能吧，”纳撒尼尔舅舅耸了耸肩，“说实话，我也不知道。不过，我敢肯定，这列火车上绝对不止我一个记者。你看，我们在减速了。我们走。”

加州彗星号停靠在一座红砖建筑物的旁边，建筑物上有一个蓝色的标志，上面写着“内珀维尔火车站”。车门打开后，他们跳上站台，快步向银色童子军车厢奔去。纳撒尼尔舅舅敲了敲车厢的门，那扇门嗤的一声向旁边滑开了。玛丽安的保镖出现了。

“您好，伍迪。”哈里森高高兴兴地说道，“这是我的舅舅纳撒尼尔·布拉德肖，雷扎先生邀请了我们。”

纳撒尼尔舅舅惊讶地看着哈里森，哈里森用胳膊肘轻轻地顶了舅舅一下。“哦，嗯，是的。”舅舅一边说着，一边举起了手里的卡片，“我们是受到邀请来的。”伍迪咕哝了一声，示意他们进去。

“你怎么会认识他？”当他们跟着伍迪走过安静的、用白色树脂材料装饰的走廊时，纳撒尼尔舅舅低声地问哈里森。

“我一会儿再告诉您。”哈里森答道，他很喜欢看到舅舅惊讶的样子。

他们经过了四扇白色的门。一扇门打开了一条缝，哈里森觉得自己好像瞥见了玛丽安。

接着往前走时，哈里森发现自己进到了一个装饰得极具科幻感的房间。这个房间的正中间摆放着一张椭圆形的木质桌子，桌子下方是一个银色的柱状桌腿。桌子的旁边，一个优雅的女人斜倚在一张沙发上。她的皮肤呈明亮的棕褐色，穿着一身红色长裤套装，脚上是一双斑马纹的细高跟鞋。站在她对面的是一个穿着深色高领套头衫、戴着眼镜、头发稀疏的男人。女人看到他们进来，露出了一个迷人的微笑。“纳撒尼尔·布拉德肖，好久不见了。”她边说边站了起来。

“佐拉，”纳撒尼尔舅舅低下了头，“我早该猜到你也会在这里。”

“纳撒尼尔，”佐拉说，“请允许我把你介绍给我的好朋友奥古斯特·雷扎。”

“很高兴见到你，雷扎先生。”纳撒尼尔舅舅与奥古斯特·雷扎握了握手。

“我读过你的好几本书，”奥古斯特回应道，“我很荣幸能见到你。”接着他又转向哈里森说：“你一定就是哈里森了。”

哈里森张口结舌地点了点头，与奥古斯特握了握手。

“哈尔，”纳撒尼尔舅舅说道，“这位是佐拉·多蒙德，她是……我的同事。”

“更像是竞争对手，”佐拉朝哈里森眨了眨眼睛，“我也是一名记者。”

“我们喝一杯吧。”奥古斯特说完转向了伍迪，“伍迪，给我们拿些果汁过来。”

“我很高兴能收到你的邀请，”纳撒尼尔舅舅说这话的时候，脸上的表情像个兴奋的孩子一样激动，“我从没想过我能参观一节圆顶观景车厢。”

"它很棒吧？"奥古斯特摆了摆手，"内饰都是我自己设计的。你们想看看吗？"

哈里森和纳撒尼尔舅舅几乎是不约而同地点了点头，他们俩异口同声地说道："太好了，拜托了。"

"你们进来后，会依次经过洗手间，员工房间——那里是伍迪和我的厨师睡觉的地方，厨房和我女儿的房间。"

哈里森从门缝里看到的就是玛丽安。

"这里是我的会议室，今晚新闻发布会的下半场将在这里举行。"奥古斯特接着又说道。

"这里怎么能容纳得下那么多的人？"佐拉环顾了一下四周问道。

"桌子——降下。"奥古斯特的话音刚落，桌子的桌面就折叠起来，桌腿就像伸缩天线一样缩了回去。

"酷！"看着折叠后的桌子降到地板上出现的一个开口里时，哈里森忍不住低声赞叹了一句。

"其他家具，"奥古斯特走到房间的另一头，"会搬到这里来。"他领着他们上了几级台阶，走进了圆顶车厢的尾部，这里的窗户很大，视线很好，"这里是我的观景休息室。"奥古斯特介绍道。有那么一瞬间，脚下延伸的铁轨让哈里森有些恍惚，但奥古斯特·雷扎用手指关节敲窗户的声音把他的思绪拉了回来，“当然是防弹的了。”奥古斯特停顿了一下说道。

哈里森看得出来，这位企业家很享受人们看到出自他手的设计作品时表现出来的震撼。“我们上楼去吧？”奥古斯特提议说。

“还有楼上？”哈里森问。

奥古斯特走到房间角落里的楼梯前，脸上露出了微笑：“来看看。”

哈里森急切地跟着走进了一个有弧线形玻璃顶的房间。奥古斯特站在一张低矮的日式黑色竹制双人床的旁边，床上铺着白色的亚麻床单。

“这是我的卧室。”奥古斯特说。床的旁边有一张白色的桌子，桌面上有两个很薄的显示器，还有键盘和鼠标。奥古斯特指了指角落说：“楼梯下面还有一个套间。”

哈里森在桌子对面的小沙发上坐下。他透过车厢顶，仰望着外面阴云密布的天空，说道：“这节车厢真是太棒了。”

纳撒尼尔舅舅在他旁边坐了下来，说道：“谁说不是呢？”

舅舅十分认同他的看法。

“早晨的阳光不会太刺眼吗？”佐拉靠在桌子边上，碰了碰电脑的鼠标，显示器的屏幕一下子就亮了起来。“哎呀！”她叫道。

奥古斯特走到电脑前，关掉了电脑。“我有声控遮光窗帘。”他一边说，一边直直地看了佐拉一眼。

“当然了。”佐拉低下了头。

“哈里森，”奥古斯特转过身来，“如果你像你舅舅一样喜欢火车，那我有个东西要给你看一看。”他示意大家跟着他回到楼下。

“这一招真不错，带个孩子来。”当他们跟着奥古斯特往楼下走时，哈里森听到自己身后的佐拉压低声音对纳撒尼尔舅舅说道，“大家都知道雷扎先生喜欢孩子。”舅舅没有回应。哈里森很好奇佐拉说的到底是什么意思。

他们回到奥古斯特的会议室，那张椭圆形桌子重新升了起来。伍迪端着一托盘鲜绿色的饮料走了过来，给了纳撒尼尔舅舅和佐拉一人一杯。

“桌子——打开！”随着奥古斯特一声令下，桌面从中间分开成两半，一个模型出现后桌面又合了起来。

哈里森瞪大了眼睛。桌子里面藏有一个比例近乎完美的城市模型，当桌面分开后，这个模型就升了上来——微缩的摩天大楼和修剪整齐的绿地之间，一节符合空气动力学的锥形火箭头形状的火车头正带着一列锃亮的银色列车在高架铁路上奔驰。火车头的侧面刻着“玛丽安”的字样，下面还有一排数字“70707”。

“玩具火车可真可爱。”佐拉虽然嘴上这么说，但她的语气听起来却很敷衍，看来她对这个模型没有什么兴趣。“过来跟我一起看看风景，纳撒尼尔。”她伸手挽住纳撒尼尔舅舅的胳膊，把他拉上台阶，走进了观景休息室。哈里森注意到，舅舅离开时若有所思地回头瞥了一眼桌上的这个模型。

“真是太棒了！”哈里森俯下身来，仔细地研究着这个微缩模型的每一个细节，“这是您亲手做的吗？”

“是的。”奥古斯特·雷扎俯下身来，他的脸凑近了哈里森，“这就是我想象中的未来——一个人人都能负担得起清洁交通能源费用的世界，一个化石燃料被淘汰、碳元素都被留在地底下的世界。这之中最关键的就是一种新型火车，这种火车的问世将为我们实现廉价公共交通和减少碳排放提供最佳的方式。”

“爸爸不是在说他的理想吧？”不知什么时候出现在门口的玛丽安说道。

“哈里森，这是玛丽安，我的女儿。”

“我们见过。”玛丽安从伍迪端着的托盘上拿起一杯饮料，对着吸管猛吸了一口。

“玛丽安，你是知道的，这一切都是为了你。”奥古斯特·雷扎走过去，站在女儿身旁，摸了摸她的头发，“等我们这一代消失后，你觉得谁会继承这个星球？”

“呃，爸爸，别胡思乱想了！”

伍迪递给哈里森一杯饮料。“这是什么？”哈里森接过来闻了闻，“闻起来像是青草。”

“绿果汁，”玛丽安说，“加州人都喝这个东西。”

哈里森喝了一小口饮料，马上又把它吐回了杯子里。“呃，尝起来和坏掉的水果一样。”

70707

玛丽安咯咯地笑了几声，把自己的空杯子放回了托盘里。“习惯了就好了。”她说。

“玛丽安，不如你带哈里森去玩一下吧？”奥古斯特·雷扎对他女儿讨好地笑了笑。

玛丽安看了一眼哈里森，点了点头。

“去玩一下！”当哈里森跟着玛丽安来到走廊时，她嘲弄地说道，“爸爸以为我才六岁。”

“他人挺好的。”哈里森跟着她走进了她的房间。

“是啊，当他没有沉浸在他的理想中时是这样。”说完，她皱起了眉头，接着又说：“他说我是他生命中最重要的人，却把我送到法国的寄宿学校去读书，我一年里的大部分时间都是在那里度过的。如果我真有那么重要，他就应该利用学校放假的时间做一些父女之间会做的事情。但是，没有——他把我带上了这列愚蠢的火车，依旧沉浸在他的理想中，仍然无视我。”

哈里森不知道该说什么。“抱歉。”他挤出了两个字。

“没关系。”玛丽安关上了他们身后的门，“妈妈也一样糟糕。她为联合国工作，总是飞来飞去，四处救人。我不需要拯救，所以她大部分时间也无视我的存在。”她叹了口气又说：“他们离婚前，我们一家人还会一起做些什么，比如度假和郊游，但自从他们分开后……”她重重地坐到了自己的床铺上。

如果没有玛丽安的物品，这个房间看上去更像是一间诊所。她的羽绒被是粉红色的，上面点缀着正在跳舞的火烈鸟图案。被子上放着一块木制画板，上面整齐地放着一沓纸，旁边是一把尺子和一支尖头钢笔。书架上摆放着一排排高低不等的漫画书。

书架下有一张长条桌子，一堆钢笔和铅笔按照颜色被整齐地装在不同的透明笔筒里：番茄红、草绿、深蓝，最后的颜色是紫红色——它们组合出来，宛如一道彩虹。“每种颜色都有一罐吗？”哈里森问玛丽安。

“对。”玛丽安耸了耸肩，拿过床上的画板，“我想给你看看这个。”

她展示的那一幅画被分成了好几栏，左上角的一栏里画着一个跪坐在银色火车车厢前画画的男孩。

“这是我？”他问。

“我没有你画得那么好，”玛丽安有些难为情地说道，“但我喜欢用图片和文字编写一些有趣的故事。”

“我会在你的故事里吗？”

“我猜会有你。”玛丽安笑了笑，“想吃糖吗？”她从口袋里掏出几颗用紫色锡纸包着的糖，一边问一边递给了他一颗。然后，她剥开了一颗，把糖塞进了自己的嘴里。“嗯，黑醋栗甘草糖——我的最爱。”她咂着嘴说。

哈里森很讨厌甘草。他看了看糖果上用黑色小号艺术字印出的“黑醋栗甘草糖”几个字，说道：“我待会儿再吃。”他把糖放进口袋，掏出了速写本。“当我画画的时候，我会试图捕捉每一个瞬间并把它们记录下来。”他打开速写本，指了指自己画的联合车站说道。

玛丽安眯着眼睛看了一下，问道：“那是我吗？”

“一个小号的你。”哈里森点了点头，“等我回了包厢，我要把银色童子军车厢的内部也画出来。”

“你现在就可以画，”玛丽安示意他可以坐在床尾，“还有很久才会到下一站。我也要继续编我的故事了。”

哈里森坐在她旁边的床铺上，把速写本放到了膝盖上。他抽出铅笔，开始画隐藏着城市模型的会议室。他发现玛丽安有一筒银色的笔，便伸手去拿。就在这时，火车突然摇晃了一下，他的手碰倒了几个笔筒，不同颜色的画笔瞬间滚落了一地。

“不！”玛丽安尖叫一声，跳了起来，“你这个笨蛋！”

“对不起。”哈里森趴在地上，去捡地上的笔，“我不小心……啊！”他突然发出一声尖叫。

玛丽安抓住他的头发，把他拉了起来。“别碰它们！”她厉声说道，“你会弄错的。”

“你弄疼我了。”哈里森拍打着她的手，玛丽安这才松开了他的头发。他目瞪口呆地看着她，被她刚刚突然的暴怒吓了一跳，接连后退了好几步。

这时传来了一阵敲门声。“我们要到站了！”门外的纳撒尼尔舅舅喊道。

“来了！”哈里森把自己从地上捡起来的笔递给玛丽安。她接过笔，转过身去，开始在床上对画笔进行分类。

纳撒尼尔舅舅和佐拉已经等在了车厢的门口。想起玛丽安刚刚的暴怒，哈里森依然觉得心惊胆战。他跟着舅舅和佐拉走下火车，来到了铁轨旁边的草地上。

“这真是我这辈子见过的最令人印象深刻的私人车厢了。”纳撒尼尔舅舅说。

“比高地猎鹰号还要好？”哈里森边问边揉了揉依旧作痛的头皮。

“普尔曼车厢确实很奢华，但还是不能和银色童子军车厢相提并论。”

“奥古斯特的女儿跟你说了什么？”佐拉好奇地问哈里森。

“我们聊了聊画画。”想到玛丽安说过的关于她父亲的事情，哈里森不禁皱了皱眉头。

“她有没有提到奥古斯特在今晚的发布会准备说些什么？”佐拉继续问他。

“没有。”哈里森仍然忘不掉玛丽安瞪着他的样子，“但你们俩去休息室的时候，雷扎先生说了些关于新式火车的事情。”

佐拉和纳撒尼尔舅舅都停下来，看着他。“有意思。”佐拉松开纳撒尼尔舅舅的胳膊，走到了哈里森旁边。“你看，我就住在下一节车厢。今晚的发布会之前，不如我们一起吃个饭吧？肯定很有趣，不是吗？”她对着哈里森笑着说道。

“我们？”纳撒尼尔舅舅问道。

“噢，是啊，”佐拉微微一笑，“我们三个人。”

第四章

猜谜游戏

“我没太明白，佐拉是您的朋友吗？”哈里森爬上包厢里自己的座椅，盘着腿坐了下来。他的头皮还在隐隐作痛，他也不知道该不该把玛丽安发火的事情告诉舅舅。

“佐拉和我都是记者，”纳撒尼尔舅舅回答说，“我们认识很长时间了。这些年来，我们也分别报道过一些相同的新闻。她在工作方面非常出色，极度保护自己的消息来源，并且总是设法领先于……嗯，所有人。我最后一次见到她时把她弄生气了。我当时对一位铁路行业的商人进行了独家采访，其间无意中披露了一桩她一直在追踪的公司收购案。”他的鼻子抽动了一下，眼睛里露出一丝笑意。“我想她还没有原谅我。”他停顿了一下，若有所思地说道，“没错，晚餐肯定会很有趣的。尽量不要告诉她太多。”

“太多什么？”

“任何她想要知道的事情。”纳撒尼尔舅舅答道。

哈里森点了点头，向窗外不断往后掠去的平坦农田望去。他记得佐拉说过，纳撒尼尔舅舅把自己带上加州彗星号是为了接近奥古斯特·雷扎，他不知道这是不是真的。不，哈里森心想，自己和纳撒尼尔舅舅更像是志同道合的朋友——他们都喜欢火车，其他的成年人不会像舅舅这样尊重他，就连自己的父母也做不到这样。他突然想起了家人，意识到自己距离他们已经非常遥远了。妈妈和爸爸，贝莉和艾丽——他们现在远在世界的另一端。想到这里，一阵难受的感觉让他感到自己的五脏六腑都有些不适。“我想他们了。我想家了。”他在心里说。

走廊的扩音器里传来弗朗辛温柔的声音：“餐车开始供应午餐了。”

“你饿了吗？”舅舅问他。

“我不知道，”哈里森答道，“我感觉有点儿混乱。”

“食物或许能帮你理清头绪。走吧，我们去看看菜单上有什么。”

餐车位于火车的中部。穿过走廊，他们来到了排队等着就餐的人群后面。哈里森朝人流熙熙攘攘的餐厅里望了望，这里就和他在很多电影里看到的美国餐厅一样——蓝色的塑料卡座，每个卡座里都有一张镶有银边的木质桌子。

“请等候入座。”一位系着藏青色围裙、扎着蓝色领带的侍者对排队的人们说道，“我们正在上新鲜出炉的食物和热饮，谁也不想把这些东西弄到衣服上，对吧？”这位侍者的脑袋上光秃秃，咧嘴一笑，那张脸就布满了皱纹。“我叫厄尔。我会安排四个人坐一桌，如果你们只有三个人或不到三个人，那你们便会和新的朋友坐在一起。为什么不利用这个机会在火车上多认识些人呢？”厄尔热情地说道。

哈里森看到了排在最前面的瓦妮莎·罗德里格斯——他们闷闷不乐的邻居。

“一个人吗，小姐？”厄尔问瓦妮莎。

“嗯。”瓦妮莎点了点头，然后把头一扬，用手猛拍了一下车厢壁，发出砰的一声巨响。

厄尔吓了一跳，排队的人也都僵住了。

瓦妮莎皱了皱鼻子，低头看了一眼地板，然后跟着厄尔来到了一张桌子前。

“希望我们别跟她坐到一起，”纳撒尼尔舅舅小声地说，“我不确定她想不想在旅途中结交新朋友。”

“两个人？”厄尔问排在哈里森他们前面的男人和男孩，他们点了点头。

“两个人？”厄尔又问纳撒尼尔舅舅，纳撒尼尔舅舅点了点头。“好极了，请跟我来。”厄尔说道。

当哈里森经过瓦妮莎刚才站着的地方时，他发现地板上有一只死苍蝇，看来是那时被她拍死的。

哈里森在桌旁坐下，发现整个餐厅被一个有着传菜小窗口和抽屉的工作台分隔开了。厄尔从小窗口里端出三盘热气腾腾的食物，送到了另一张桌子上。哈里森甚至能够听到楼下传来的一阵阵锅碗瓢盆碰撞的声音和烤肉的嗞嗞声。

哈里森看了看他们的午餐伙伴，发现他们正是自己在联合火车站遇到的两个人——穿着运动服的男人和戴着牙齿矫治器的男孩。他不由地盯着男孩看了起来：男孩脸上的蓝色绷带遮住了他的前额和下巴。矫治器两侧的固定装置高高地耸立在他的脸颊上，一条宽大的黑色松紧带勒在他剪短了的头发上，以固定整个装置。除此之外，他的鼻梁上还架着一副有着厚厚镜片的眼镜。

“你好，”哈里森热情地笑了笑，“我叫哈里森。”他向男孩介绍自己。

“你好，哈里森。”男孩看着桌子，小声地回应，“我叫莱

洪[1]。”

“莱洪？”哈里森向前倾了倾身子，试图更靠近男孩，以确保自己没有听错。美国人很少有人叫这个名字。

穿着运动套装的男人坐在男孩的旁边，他笑着用一只大手拍了拍可怜男孩的后背，差点儿把男孩脸上的眼镜震掉。“我的儿子叫莱恩。很抱歉，他说话不太方便。”男人把手伸出来，去握纳撒尼尔舅舅的手。“我叫基恩，基恩·杰克逊。我在体育馆当教练，教的是摔跤。你喜欢体育运动吗？”他向纳撒尼尔舅舅说道。

“喜欢。”纳撒尼尔舅舅与他握了握手，哈里森注意到舅舅与基恩握手时稍微瑟缩了一下，“纳撒尼尔·布拉德肖。我外甥哈里森和我是昨天早上降落于芝加哥的，但我们昨晚还是想办法在芝加哥联合中心看了一场篮球比赛——公牛队对活塞队。”

“篮球比赛？怎么样，”基恩·杰克逊斜了一眼哈里森，“你喜欢篮球吗？”

哈里森点了点头说：“比赛节奏很快，场馆里很热闹，我感觉我好像没有完全理解规则，但是……”

“我想，既然你们是英国人，你们肯定会更喜欢板球和冰壶。”基

① 由于戴着牙齿矫治器，男孩吐词不清。——译者注

恩摸了摸自己的下巴，看了看纳撒尼尔舅舅，“你支持哪个队？”

“我没有特别支持哪个队。我发现通过体育可以很好地了解一个地方以及那里的人。”纳撒尼尔舅舅说道。

“我是洛杉矶湖人队的粉丝，”基恩拍着胸脯打断了舅舅的话，“我喜欢胜利者。”

哈里森注意到基恩脖子上的黄丝带上挂着一个银色的体育哨子。他本能地用手去摸藏在自己套头衫下面的宝贝——那只火车哨子，上面刻着“高地猎鹰号”几个字。玛琳——他最好的朋友，得知他要去美国搭乘加州彗星号旅行时把哨子寄给了他。他们说好了共享这只哨子。现在本来是轮到她拿着哨子，但她坚持让哈里森带着哨子启程。

“先生们，”厄尔给他们拿来了菜单，“需要我给你们拿什么喝的来吗？”

“我要一杯胡椒博士[①]。”基恩说完又转头问道，“莱恩，你要胡椒博士吗？”看到莱恩摇了摇头，基恩对厄尔说：“好，来一杯胡椒博士。”

“请给我来杯水。”纳撒尼尔舅舅说。

---

① 美国七喜（Seven Up）公司生产的一种焦糖碳酸饮料。——译者注

“我也是。”哈里森说。他看了一眼菜单，视线在那些汤、沙拉和意大利面扫过后，他又在汉堡那一栏犹豫了一会儿，看来自己是真的饿了。他不知道梅森和哈德莉会不会到餐厅来吃午饭，虽然他不喜欢梅森一直模仿自己说话，但至少梅森不会扯他的头发。

厄尔转身离开，几分钟后又回来了。他把饮料放在桌子上，接着问道：“准备好点菜了吗？”

“哈尔？”纳撒尼尔舅舅问道。

“安格斯汉堡和薯条看起来还不错。”

“真会选，年轻人。”厄尔说着，记下了他的订单。

“也给莱恩来一份，”基恩说，“我要汁拉贵司[①]配薯条。”

“我要清蒸贻贝和田园沙拉。”纳撒尼尔舅舅说。

“莱恩吃饭的时候，你们最好往后坐一些，”基恩说，“他可能会搞得有点儿乱，你们懂我的意思吧？”他大笑起来，一旁的莱恩脖子都红了。

哈里森对莱恩感到一丝同情。玛丽安可能会因为自己的爸爸痴迷于工作而生他的气，但至少奥古斯特·雷扎不粗鲁。

---

① 玉米饼被切成三角形，炸至香脆，然后在黏果酸浆或番茄沙拉酱中煮软，最后放上奶酪丝、洋葱片和墨西哥奶油。——译者注

“你们是要去旧金山吗？”纳撒尼尔舅舅借着这个问题把谈话的焦点从莱恩身上转移开了。

“对，我要带我儿子去看摔跤比赛，”这个教练爸爸用手指捋了捋油腻的头发，“让他看看冠军是怎么称霸的。”

莱恩看起来有些沮丧。哈里森尝试吸引他的注意，但没能成功。纳撒尼尔舅舅和基恩聊起了摔跤的规则。哈里森拿出自己的速写本，翻开了空白的一页。“我喜欢画画，”他悄悄地对莱恩说，“你会画画吗？”

莱恩摇了摇头。

哈里森抽出一支铅笔，快速画出了他在餐车里看到的景象。长久的练习让他对自己笔下的线条颇为自信。

“所以说，你们是游客。”基恩说道。

“我更愿意说我们是旅行者，不过我来这儿有一些工作要做。”

“什么工作？”

“我是一名记者。我要去奥马哈[①]参加一场新闻发布会。”

① 奥马哈为美国中北部内布拉斯加州的一座城市。——译者注

西摩·哈特先生
基恩与莱恩
菜单

“你认识奥古斯特·雷扎？”

哈里森皱了皱眉头，心想如果就连基恩·杰克逊都听说过这场发布会，那奥古斯特·雷扎肯定非常有名。

“也不算很熟，”纳撒尼尔舅舅答道，“我们今早才第一次见面。”

“我们去了雷扎先生的私人车厢，”哈里森对莱恩说，“那里太酷了。车厢外面看上去是旧的，但是里面却超级现代化——就像一艘宇宙飞船。”

莱恩俯身向前，看着哈里森画出了坐在过道对面的那个男人——餐巾塞在衬衫领子里，手提箱放在自己的脚边。

莱恩腼腆地对着哈里森笑了笑，伸手想要拿铅笔。

“你也想试试？”哈里森翻开空白的一页，将速写本和铅笔推给了他。

但莱恩却把速写本翻回了哈里森之前的画上，哈里森一脸困惑地看着他把自己画的那些线条又描了一遍。莱恩使劲儿地把铅笔的石墨铅芯戳在纸上，几乎要把纸捅破了。哈里森再三克制才没有伸手去抢他手里的铅笔。过了一会儿，莱恩合上速写本，把铅笔还给了哈里森。哈里森张嘴想要问他刚刚在做什么，莱恩却举起手指，比了个“嘘”的口型。莱恩的视线看向他的父亲，眨了眨眼睛，基恩在大声地咒骂洛杉矶湖人队的教练。哈里森微微地点了点头，把速写本放进了口袋里。

莱恩透过厚厚的镜片专注地盯着哈里森，好像要用心灵感应与哈里森进行交流似的。他先是举起右手的食指，指了指左手的无名指，然后他看着哈里森，确认他看到了自己比画的动作。接下来，他两手食指交叉，比出了个加号“+”，然后再一次看向哈里森。最后，他扭头瞥了父亲一眼，又回过头看着哈里森，举起手指划过自己的脖子。

哈里森皱起眉头，这个男孩的行为让他觉得非常困惑。

“啊，食物。”看到厄尔端着托盘走了过来，纳撒尼尔舅舅趁机打断了基恩的叫嚷。

与美式牛肉汉堡的分量比起来，英式汉堡简直就是专为儿童准备的。哈里森必须两手并用才能把面前的这块美式汉堡很好地举起来，但他的嘴却不能一下张得那么大——他无法一口就咬住上下两层的面包，不过汉堡的味道很好。他内疚地看着正在艰难吃东西的莱恩，苦苦思索着这个男孩想要告诉自己的到底是什么。

无名指，食指交叉，还有割喉咙的动作。

什么意思？

第五章

秘密消息

基恩狼吞虎咽地吃完午餐，扔下了餐巾纸。莱恩点的食物还没吃到一半，就被他爸爸从桌子前拖走了。

“我不确定我们有没有在这儿交到新朋友。”纳撒尼尔舅舅小声地对哈里森说。基恩带着满脸不高兴的儿子离开了餐车。

“我们吃完午饭后可以在火车上四处转转吗？”哈里森一边问，一边叉起几根咸薯条塞进了嘴里。他不知道自己是否应该把莱恩传递给他奇怪信息的事情告诉舅舅。

“不如你先独自去探索一下吧？发布会前我还有些工作

要做。”

“是吗？”

纳撒尼尔舅舅压低了声音：“当我们在奥古斯特的卧室里时，佐拉不小心动了他的鼠标，我在他的电脑屏幕上看到了一些东西，她也看到了，是跟火箭有关的东西。”

哈里森皱了皱眉头，问道：“一枚航天火箭？”

“我不知道，不过我得重新看看我整理的关于雷扎先生兴趣爱好的笔记，为今晚的发布会做好准备。我可以断定，发布会上宣布的一定会是一件大事。你不介意吧？”舅舅说。

“不。”哈里森一口喝光了杯子里的水，希望借此掩饰自己的失望。他站起来说道：“我去找梅森和哈德莉——给您时间工作。”

哈里森按照乘客休息室的指示牌走到了餐车的尽头，他想找一个安静的地方好好看一看莱恩的画。他被那个男孩弄糊涂了。莱恩想告诉自己什么？连接门吱的一声开了，他跨进了一节光线十分充足的车厢。这节车厢的窗户向上拱起，连着车厢的顶部。

火车缓缓驶过一个小镇，加州彗星号上的大喇叭发出了一声长长的汽笛声。哈里森瞥见了一个有秋千的后院。当火车经过一条街道时，哈里森听到了镇上传来的钟声。红白相间的小货车在十字路口排成了长队，等待着通行。一个孩子在货车的后座上向火车挥手，哈里森也向他挥了挥手。

他身后的一个人把他推开，径直走了过去。

“对不起。”哈里森对着这个匆匆离去的矮个子乘客的背影说道。这个人的打扮非常奇怪：穿着灰色长外套，戴着棒球帽和墨镜，脖子上还围着一条厚厚的围巾。

“嘿，哈里森！”

哈里森转过身，看见梅森和哈德莉正坐在车厢中央的一个小隔间里朝他招手。他很高兴见到他们，朝着他们走了过去。与此同时，他又看了一眼刚刚那个身穿灰色长外套的粗鲁乘客，那个人正穿过连接门，走出乘客休息室。

“你在看什么？”梅森伸长了脖子问他。

“没什么，”哈里森答道，“就是……那个人有点儿奇怪。”

“奇怪？”哈德莉问，“哪里奇怪了？”

“他从我身边挤了过去，连一声‘对不起’都没说。我给他让了路之后，他也没有说一声‘谢谢’。”

“有些人就是没礼貌，这很正常。”哈德莉哈哈大笑，“你显然从来没去过娱乐场所。”

“嗯，我是没去过。但那个人在室内还戴着帽子，穿着外套，还裹着围巾……”哈里森皱了皱眉头，“这里明明很暖和。”

“噢，你在加州彗星号上可以见识到各种奇怪而有趣的人。”梅森笑了，“我们就遇到了你，不是吗？”

“哈哈，真有趣。”哈里森咧嘴一笑。

“我们上一次搭乘美国铁路公司的火车时，坐了二等座。我旁边坐的是一个吃热狗的世界冠军。”哈德莉边说边往旁边挪了挪，让哈里森坐在了自己身旁，她做了一个皱鼻子的动作，“她闻起来很臭。”

“二等座是什么？”哈里森问。

“便宜的座位，”梅森答道，“穿过这里，下一节车厢就是。在那儿，你得坐着睡觉，就像飞机里的经济舱一样。”

“你们这一次也是二等座吗？”

“不，”哈德莉兴奋地做了一个抖肩舞里的动作，“我们有一间家庭套房。”

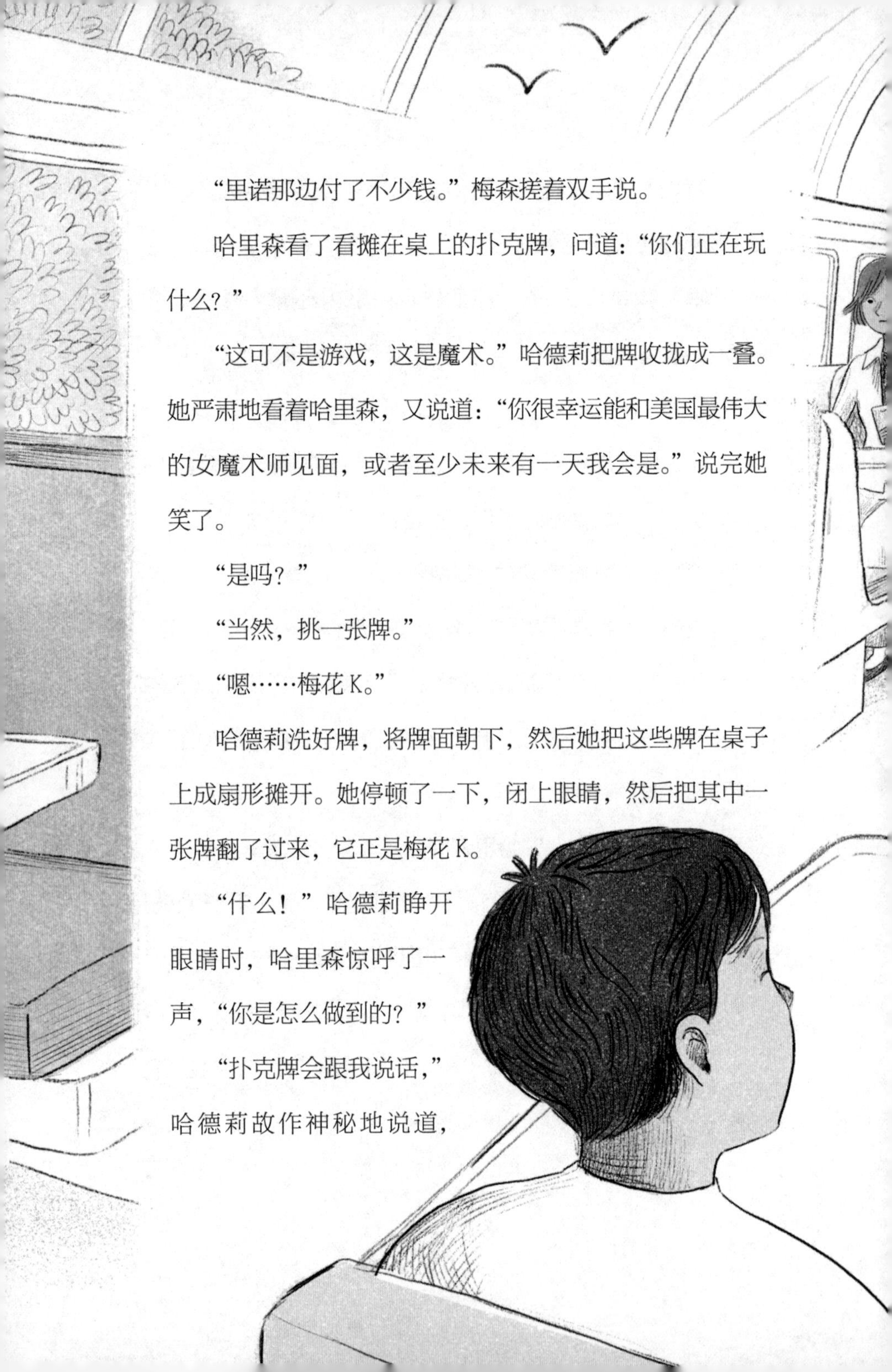

“里诺那边付了不少钱。”梅森搓着双手说。

哈里森看了看摊在桌上的扑克牌，问道：“你们正在玩什么？”

“这可不是游戏，这是魔术。”哈德莉把牌收拢成一叠。她严肃地看着哈里森，又说道：“你很幸运能和美国最伟大的女魔术师见面，或者至少未来有一天我会是。”说完她笑了。

“是吗？”

“当然，挑一张牌。”

“嗯……梅花 K。”

哈德莉洗好牌，将牌面朝下，然后她把这些牌在桌子上成扇形摊开。她停顿了一下，闭上眼睛，然后把其中一张牌翻了过来，它正是梅花 K。

“什么！”哈德莉睁开眼睛时，哈里森惊呼了一声，“你是怎么做到的？”

“扑克牌会跟我说话，”哈德莉故作神秘地说道，

眼之所见，
耳之所听，
心之所信。
哈利·霍迪尼

“只有伟大的魔术师才能与扑克牌交流。”

梅森看着哈里森惊讶的表情哈哈大笑。

“伟大的魔术师也会口渴，我要去喝点儿东西。”哈德莉从座椅上起身准备向过道走去，不小心撞上了一个穿着灰色西装，身材瘦削的男人。这个男人手里的箱子啪的一声掉到了哈里森的脚边。

“看……看着点儿路！”男人没好气地吼道。哈里森认出了这个男人，他就是自己在餐车里曾经画过的那个男人——餐巾塞在衬衫领子里，手提箱放在自己的脚边。

“嘿！”梅森一下子跳了起来，“她不是故意的。”

“您的手提箱。”哈里森把男人的手提箱从地上拎了起来。男人的名字被刻在箱子把手旁边的一块银色铭牌上，“西摩·哈特先生。”哈里森说道。

“把它还……还给我！”西摩·哈特一把抢过哈里森手中的手提箱。

“我……”这个男人莫名其妙地发火让哈里森感到吃惊，“我是准备把箱子还给您的。”他解释说道。

这时，乘客们都回过头来看着这边。

西摩·哈特把手提箱抱在胸前，怒气冲冲地瞪着哈德莉——现在她又无意中挡住了他的去路。哈德莉让到了一边。西摩·哈特匆匆地穿过过道，在靠近二等座车厢的门的旁边挑了一个离他们最远的位置坐了下来，把扶手椅转向了窗户。

“他是从巴尔的摩来的。”梅森说。

“你是怎么知道的？”哈里森问。

“我能听出他的口音。”

“真是个让人讨厌的人。”哈德莉边说边噘了噘嘴。哈里森看得出来，她被那个男人的愤怒吓到了。“我要到楼下咖啡厅去。你们谁想喝苏打水？”哈德莉问。

“我要可乐。”梅森说。

“我不知道是不是时差的原因，还是因为这里是美国，又或是我自己的原因，”当哈德莉消失在车厢中部的楼梯处时，哈里森坐下来说道，“我觉得火车上发生了一些奇怪的事情。”

“放轻松，不过是一个拎着箱子、爱发脾气的乘客罢了。”梅森说。

“不，不仅仅是他。我周围正在发生什么事情……我说不清楚。”哈里森叹了口气，“我觉得我应该能够发现什么，但是我又不知道自己应该从哪里入手。这种感觉就像是脑袋里很痒一样，你有过这种感觉吗？”

“我长过虱子。”梅森答道。

“不是那种痒。”哈里森哈哈大笑起来。

“你之前有过这样的感觉吗？”

“有一次，我当时也不知道那究竟意味着什么。”

“后来就有怪事发生了？”

“对。一个珠宝窃贼偷了乘客的东西。”

“老天！”梅森瞪大了眼睛，“怎么回事？”

“我破了案，抓住了小偷。”

梅森往后靠了靠，盯着哈里森：“你是个侦探？”

哈里森感觉自己的脸在微微发热，他回忆道：“当时，我感觉身边发生了一些奇怪的事情——看不见的事情。”

“你现在也有这种感觉吗？”梅森偷偷地扫视了一下乘客休息室后问哈里森。

哈里森点点头。“但我不知道为什么。”他身子往前倾了倾，

“午餐的时候，我对面坐了个男孩。他试图告诉我什么事情，但他又不想让他爸爸看到。我觉得他可能遇到麻烦了。”

“什么麻烦？”梅森皱起眉头，浓密的眉毛都挤到了一起，“他想说什么？”

“他没说什么，因为他戴了个牙齿矫治器——绑在脸上连着牙齿的那种东西。”

“可怜的家伙。我戴过牙套，特别难受。”

“他刚开始似乎不想说话，但当我开始在餐车里画画时，他把我的速写本和铅笔拿了过去，沿着我画的一些线条描了起来。然后他又做了一系列动作，好像是想传递一些信息……但我不明白他的意思。”

哈德莉拿着两罐苏打水走了回来，她把其中一罐放在桌子上，推给了梅森。

“你来听听，哈德莉。哈里森是个侦探，有个孩子在午餐的时候给他传递了一些秘密信息。”梅森拉开易拉罐，罐子里的饮料开始噼啪作响。

“秘密信息？”哈德莉坐下来，吸了一口自己的饮料，“给我看看，我想看看。”

“他做了这些动作，”哈里森重复了一遍莱恩的动作，那些右手指向左手的无名指、食指交叉，以及似乎是割喉的动作，“而且他一直很紧张地看着自己的爸爸，生怕被爸爸看到了。”

“他指的是哪根手指？”哈德莉问道。

“这一根，”哈里森一边说一边指了指自己的手指，“第四根手指。我觉得可能是想说数字四，或者……这根手指是无名指[①]……所以……”

哈德莉挑了挑眉毛，问道：“所以呢？”

“或许他是想给某人去个电话？”哈里森猜测。

“给某人画个圈圈？”梅森说，他看起来显得非常困惑。

“不，是给某人去个电话。”哈里森向哈德莉说明自己的看法。

“我们不会说去个电话，只会说打个电话[②]。”哈德莉说。

哈里森感到有些沮丧。他忽然意识到自己之所以没能理解莱恩，很可能因为自己是英国人。

---

① “无名指”英文拼写为 ring finger，ring 既可以指戒指，也可以指给某人打电话。——译者注

② 英式英语里面 ring 指给某人打电话（去个电话）。美式英语里面 ring 指画圈，call 才是指给某人打电话（打个电话）。——译者注。

“肯定是数字 4，”梅森说，“因为他接着又做了一个加号的手势。嘿，可能是算加法，或许这是道数学题。”

当哈里森抬起头时，他一下子愣住了。基恩 · 杰克逊和莱恩正沿着过道向他们走来。基恩的一只手搭在儿子的肩膀上，推着他向前走。“嘘……”哈里森低声说着，抓起哈德莉的那副牌，弓起了身子。哈德莉和梅森凑了过来。

“我们这是要干什么？”哈里森发牌时，梅森问道。

“我们来玩纸牌游戏吧。”哈里森大声地说道。

梅森看起来有些困惑，直到他看见戴着牙齿矫治器的莱恩后才明白了过来。哈德莉接过扑克牌，身子往后一靠，显然是想从侧面看看杰克逊父子。

哈里森看向莱恩时，发现莱恩正用恳求的眼神盯着他，但他的爸爸很快便推着他走了过去。

“他们去二等座车厢了，”梅森低声说道，“我看到你说的牙齿矫治器了。”

哈里森从莱恩的眼神中读出了一丝异样。“我到底应该看出什么呢？”他小声地说道。

“也许他是在威胁你，”哈德莉说道，“就像你……”她指了指哈里森。“这样是代表……”她指了指自己的无名指，然后又用手指在喉咙上一划，“杀害。”

“但那样就把加号排除了。”梅森摇了摇头说。

“你说他在你的本子上画了什么？”哈德莉说，“我们可以看看吗？”

哈里森拿出速写本，翻到在餐车画的那一页。“给，”他把本子推向桌子中间，“你们看到这几条粗一点儿的线条了吗？这些都是莱恩后来描的。他把我画的桌子和墙壁的边缘又描了一遍。这没有道理啊！”

“也许他是想让你看看画上的什么东西。”哈德莉边说边把本子拉向自己。

“但是是什么呢？”哈里森有些恼火地喘了口气问。

“嘿，是那个让人讨厌的拿手提箱的怪人，”梅森指了指画，“你们看，他的箱子在桌子底下。我真想知道他在里面装了什么宝贝——钻石？假钞？”

“莱恩画的一部分线条是他的桌子……”哈里森仿佛在自言自语，“那条信息可能与他有关。”

“也许拿手提箱的那个人是个杀人犯！”梅森用手指在脖子

那儿比画了一下。

恐惧像一层冷雾，笼罩在哈里森的胸口。他不知道莱恩想告诉自己什么，但加州彗星号上要发生什么不好的事情似乎是毫无疑问了。

第六章

乔装的魔鬼

他们暂时把研究莱恩到底想传递什么信息的事情放在了一边。奔驰的火车传出了嘎吱嘎吱的声音，与乘客休息室里乘客们随意的交谈声混在了一起，他们就在嘈杂声中玩起了纸牌。哈德莉每一把都赢了。

梅森扔下了手中的扑克牌。“你怎么老是赢？”他交叉双臂，狠狠地瞪了他妹妹一眼，生气地说，“你袖子里藏了牌吗？”

“你是说我出老千吗？”

“我只是说……”

砰的一声，随后有人喊了起来，哈里森朝声音传来的方向转过身去。

那位戴着棒球帽和墨镜、裹着围巾的粗鲁乘客被西摩·哈特的手提箱绊倒了，手提箱也被踢到了过道上。墨镜和棒球帽从那名乘客的头上掉了下来，哈里森看到了一头金发和一张熟悉的面孔。

“玛丽安？”哈里森站起身来，可一想到她之前的行为，他又坐了回去。

“抱……抱歉。”西摩·哈特一边道歉，一边伸手想要扶起玛丽安。

“离我远点儿！”她慌慌张张地往后爬了一点儿，一边努力站起身来，一边去抓她的眼镜和帽子。看到哈里森正注视着她，她停了下来，然后匆匆向他走去。

“我需要跟你谈谈。”她小声地对哈里森说。接着，她回头看了看，说道：“这里不行，去咖啡厅。你要确保没有人跟踪你。”她瞪了西摩·哈特一眼，然后消失在了楼梯上。

梅森和哈德莉都瞪大了眼睛看着哈里森。

“你的朋友？”哈德莉问。

“不，”哈里森答道，“我今天早上才第一次见到她。”

“嘿！你也是今天早上才第一次见到我们！”梅森装出一副不太高兴的样子说道。

“所以，你准备下去和她谈谈？”哈德莉问。

哈里森想起玛丽安冲他尖叫时的表情，问道：“你们能跟我一起去吗？”

梅森点了点头说：“没问题。”

楼下有很多销售食品的柜台。在一个卖薯片和糖果的柜台旁有一排玻璃冰箱，里面放满了三明治和碳酸饮料。玛丽安坐在角落的一张桌子旁，那里是距离咖啡厅柜台最远的地方。她已经重新戴好了墨镜和帽子。哈里森走了过去，哈德莉和梅森跟在他的身后。

“他们是谁？”玛丽安一边问，一边神色警惕地望着哈德莉和梅森。

“我的朋友。”哈里森答道。

“我要跟你单独谈谈。”

“不管你想跟我说什么，你都可以当着梅森和哈德莉的面说。”哈里森坚持着。

“好吧。”玛丽安紧张地看了看他们身后。

梅森刺溜一下滑进了玛丽安对面的卡座，哈德莉坐在了梅森的旁边。哈里森不想紧挨着玛丽安，于是局促地挤在了卡座的边缘。

“我本不该来这儿。如果我被抓到，会有麻烦的。”玛丽安说，“伍迪不在，我哪儿也不能去。”

“所以你要把自己伪装起来？”哈德莉扬着眉毛讥讽地问道。

“伍迪是谁？”梅森问。

“我的保镖。”玛丽安傲慢地回答，“这身伪装要是不好的话，哈里森为什么没有认出我来？”她看了看哈里森。

“你打算干什么，玛丽安？”哈里森语气平静地问道。

“我想说，对不起。”玛丽安的下唇颤抖着。

哈德莉看了看哈里森问："为什么？"

"因为我发脾气了……"玛丽安的声音在颤抖，"还伤害了你。"她皱了皱鼻子，"一直困在小房间里实在是太无聊了，然后你来了银色童子军车厢，一起画画……很有趣……我以为我们可以成为朋友，然后……然后……我把一切都搞砸了。"她停止了说话，哈里森看见一滴眼泪从她的面颊上滑落下来。

"等等！"梅森看着哈里森，"你去了雷扎先生的私人车厢？"接着，他又转向玛丽安，"那你一定就是……"

"梅森、哈德莉，给你们介绍一下，这是玛丽安·雷扎。"哈里森说。

"你是奥古斯特·雷扎的女儿？"哈德莉惊讶地张大了嘴巴，"雷扎科技公司的那个奥古斯特·雷扎？那个有名的亿万富翁？"

玛丽安点了点头，说道："你们好。"

梅森瞪着她，但玛丽安并没有理会他，而是朝哈里森凑了过去，说道："我是来道歉的。"她摘下了帽子和眼镜。

"伍迪知道你离开房间了吗？"

玛丽安摇了摇头，说道："我房间里的音乐没关，谁也不会进去查看的。”

“胆子真大。”从哈德莉的语气里听得出有佩服的成分。

“我必须来找你，”玛丽安那蓝色的大眼睛直直地看着哈里森，“我真的很抱歉伤害了你。能原谅我吗？求你了。”

“好吧，”听着她一遍又一遍的道歉，哈里森的语气也变得柔和了，“但是，如果你爸爸要找你，结果发现你不在了怎么办？他会着急的。”

“哼……他根本不会注意到的，”她抽了抽鼻子，用手背擦了一下眼睛，“我已经被他忽视了好几个小时了。再说了，反正他也一直在忙着准备今晚的发布会。”

“你为什么要伪装？”梅森问。

“我有保镖是有原因的，”玛丽安压低了声音，“我不能发生意外。你们看见那边那个人了吗？用箱子绊倒我的那个？我觉得他在跟踪我。他看见我上了火车。我从乘务员车厢出来的时候，他正在洗手间外面等着我。他还跟着我穿过了车厢。你们没看出来他在跟着我吗？”

哈里森仔细回忆了一下，玛丽安从他身边匆匆走过之后，下一个沿着过道走过来的人确实是西摩·哈特。

“我躲进二等座车厢，见他没有跟过来，我还以为他已经走了。”

“你为什么不早说？”哈里森问道。

“他喊了你一声……”玛丽安指了指梅森，“我不确定你愿不愿意帮助我……在我表现得那么过分之后。”

“我叫梅森·莫雷蒂，”梅森把手放在胸口，对玛丽安说道，“很荣幸见到你。”

“我不应该来的。伍迪总是说我一个人出去太危险了。这就是个错误。”

“你确定那个人在跟踪你吗？”哈里森问道。

玛丽安点了点头：“他看上去很像之前在硅谷因为跟踪我而被捕的那个人。哈里森，我害怕。”

“他就是个坏脾气的人。可他为什么要跟踪你呢？”哈德莉点了点头后又问。

“有很多人想要窃取我父亲的创意或者从他手上搞到钱。有时候，他们想通过我来接近他。有一次，一个女人假扮成老师来到我们学校。她问了很多关于我父亲的问题。我告诉校长之后，才发现她并不是老师。她只是伪装成老师，她的真实身份其实是泽科纳的间谍。”她往后坐了坐，看着哈里森。“警察逮捕了她。正因如此，我们现在雇用了伍迪，他的任务就是保护我，”她咬了咬下嘴唇，“但他觉得我待在自己的房间里才安全。”她看了看他们三个人，继续说道：“我担心楼上的那个人也是泽科纳的间谍。”

“泽科纳是什么？”哈里森问道。

“泽科纳公司？它或许应该算是世界上最大的公司了。”梅森不太确定地说道。

“第三大。”玛丽安纠正了他的说法，“雷扎科技是第二大的公司。泽科纳是我爸爸公司的竞争对手。”

“泽科纳与雷扎之间的竞争人尽皆知，”哈德莉对哈里森说道，“报纸上总是会有相关的新闻。”

“我爸爸整天提心吊胆，生怕泽科纳会派人绑架我。”

“在这一点上，你爸爸或许是对的。”梅森说。

“好吧，至少这样他或许会关注到我。”玛丽安用略带苦涩的语气说道。

“我觉得你应该回到银色童子军车厢去。”哈里森说，“我对雷扎科技和泽科纳公司一无所知，也不知道它们的生意到底做得有多大，但如果你有危险，那我们必须把你送回私人车厢，确保你的安全。”

“你能原谅我吗，哈里森？”玛丽安满怀希望地问道，“我受不了你讨厌我。”

“我不讨厌你。”哈里森笑着回答。

“所以说，我们又是朋友了？”

“我们是朋友。”哈里森说道。

玛丽安带着笑探过身子，吻了吻他的额头。“噢，谢谢你！”她兴奋地说道，哈里森则涨红了脸。

“下一站是芒特普莱森特[①]，”哈德莉一边说，一边研究着墙上的列车时刻表，“火车会在那一站装卸行李，所以你有足够的时间可以返回银色童子军车厢。”

“可是，如果西摩·哈特看见玛丽安下了火车，他很可能会想办法抓住她的。”梅森说道。突然遇到这样的事情显然让他激动起来。

“我们陪你走回私人车厢去，玛丽安，”哈里森说，“这样可以确保你的安全。”

① 此处的芒特普莱森特指的是位于艾奥瓦州的一座城市。——译者注

“我有个更好的主意。”玛丽安说。

两分钟后，哈德莉戴着玛丽安的帽子、围巾和墨镜从洗手间里走了出来，她缩在长外套里问大家：“我看起来怎么样？”

玛丽安穿着哈德莉的紫色连帽衫，此刻咯咯地笑了起来：“你这身伪装看起来真糟糕！”

“等我们办完这件事，你一定要把我的衣服还给我，”哈德莉说，“那是我爸爸给我的生日礼物。”

“我保证。”

“火车减速了。”梅森把脸贴在窗户上说道。

“我要好好遛一遛那个泽科纳的间谍。”哈德莉对他们露出了一个坏笑。

“小心点儿，妹妹。”梅森说道。

“没事的。”哈德莉试图打消哥哥的顾虑，“回头我们包厢里见。”说完，她走上了楼梯。

“这节车厢和餐车都没有出口，”哈里森说，“最快的下车方式就是进入二等座车厢，走下楼梯，从那扇门走出去。”

“但这样一来，我们就不得不从间谍的身边走过去。”梅森说道。

“如果他上钩跟着哈德莉走了就不会。”哈里森说完瞥了一眼楼梯顶部，果不其然，西摩·哈特不见了。“安全了。”哈里森说道。

“我们走！”梅森说着，从哈里森的身边挤了过去，冲进了二等座车厢，“我只想确保我妹妹平安无事。”

匆匆穿过车厢时，哈里森看到了他在芝加哥车站画过的那个女人。她依旧穿着那件蓝色的羽绒服，那条蜥蜴此时正趴在她的膝盖上，而她正在挠它的下巴。他们跑下楼梯，跳上站台。哈里森深深地吸了一口秋日里清新的空气，感到一阵兴奋。

“成功了。”他们三个人跑向银色童子军车厢时，玛丽安回过头看了一眼。她走到车厢门口，按下了键盘上的数字按键。“谢谢你们帮我。”她有些上气不接下气地说道。接着，她看了看哈里森，说道：“也感谢你原谅我。”

“梅森，告诉哈德莉，我明天就把衣服还给她。”车厢的门开了。“**回头见！**[1]”她向他们挥了挥手，爬上车厢，关上了门。

---

① 原文为法语。——译者注

第七章

莫雷蒂魔术秀

一阵风把枯叶吹到空中，哈里森打了个寒战。男孩们从经过的第一扇开着的门登上了加州彗星号，顺着楼梯上到了上层。

“那是我的包厢，”经过自己的包厢时哈里森说，“10号。”

他们往包厢里面看了看，纳撒尼尔舅舅正俯身在笔记本上写着什么。

“嗨，弗朗辛。”走进下一节车厢时，哈里森对那位面带微笑的乘务员打招呼道。

“在火车上交到的朋友可都是一辈子的朋友哟！”弗朗辛在

他们身后大声地说。

“我们的包厢在这儿。”梅森指着一扇门说道，但紧接着，他大喊了一声：“哈德莉！”只见他妹妹朝着他们走了过来，一边走还一边解开了脖子上玛丽安的围巾。

“你被跟踪了吗？”哈里森问。

她摇了摇头。“我上楼之后，泽科纳的间谍就不见了。”她拉开包厢的门，问道：“他跟着你们了？”

“没，玛丽安已经回她的豪华车厢去了。”梅森说道。

哈里森透过开着的门往包厢里看了看。他们的包厢比他的包厢大。沙发上放着一只空了一半的箱子，衣服被扔得到处都是。

“你们的行李箱爆炸了？”哈里森看了看四周问道。

“梅森找不到他的录音机了。”哈德莉答道。她抱起一大摞衣服，把它们塞进了箱子里。

哈里森注意到包厢里有一个淋浴间，角落里有一个和自己包厢里一模一样的宽大座椅，上面堆满了表演魔术的道具和书。

“你是真的想成为一名魔术师吗？”哈里森拿起其中的一样道具问道。

“对。”哈德莉点了点头，“我们的爸妈分开了，我妈住在波士顿，那里每年都会有一场才艺大赛，奖金是五千美元。今年我已经到了可以参赛的年龄了。如果赢了，我们准备买一些大型舞台魔术的道具……”

“然后开始莫雷蒂魔术秀。”梅森抢着说完了哈德莉想说的后半句。

“你们两个都要参加？”

“对。我变魔术，梅森表演模仿秀。想看我们变个魔术吗？”哈德莉边说边把哈里森拉到了那张堆满了东西的座椅旁，“坐这儿。”

梅森动手把箱子拖到一边，挪开沙发，把他们的包厢变成了临时的舞台。哈里森坐在椅子的扶手上，看着哈德莉取出一件带彩虹亮片的夹克，穿在了身上。梅森打开行李袋，拿出一件金色的连衣裙和金色的假发。他扭动着脱下身上的运动服，换上裙子，然后戴上了假发。

“哈德莉是世界上最好的魔术师，而我是……”他用手梳理了一下自己的金发，模仿着女性的声音说，“这位魔术师迷人的助手。”

梅森爬上床，站在他妹妹的旁边，夸张地朝她比画着手势，仿佛她就是一个真正的大奖得主似的。哈里森看得哈哈大笑。

“女士们、先生们，我是大魔术师哈德莉·莫雷蒂。这位是玛丽莲·梅森，我迷人的助理。”哈里森笑了，梅森则夸张地挥了挥手，哈德莉接着又说：“你们将看到的表演是对科学定律的蔑视……”

“以及来自我的迷惑。”梅森用娇滴滴的声音说道。

“就在你们眼前……”哈德莉从口袋里掏出一块黑色的方布，“我要让玛丽莲消失。”她一层又一层地展开方布，直到把它展开成了一块毯子那么大。她走上前，把它举到和自己腰差不多的高度。这时，梅森用高亢的嗓音唱起了《生日快乐》。哈德莉缓慢而夸张地抖动着那块方布。梅森一边唱着，一边抛给哈里森一个个飞吻，直到自己的身体完全被方布遮挡了起来。当梅森唱完这首歌的最后一段副歌“……祝你生日快乐！”时，只见哈德莉把方布扔在地上，哇，梅森不见了！

哈里森站起身，环顾了一下不大的空间。他眨着眼睛，想弄明白刚刚到底发生了什么——梅森就这样消失了。

哈德莉动作夸张地捡起方布，仔细检查了一下，把它转过来又转过去。方布的中间鼓起了一个小包，她从里面拿出了一个水晶球。“帮我拿着这个，好吗？”她把水晶球扔给哈里森。接着，她把方布完全展开，先是把它高高举起，然后又把它往低处抖动。就在哈里森眼花缭乱的时候，梅森出现了，他站在哈德莉的身边，正对着哈里森吹泡泡。

哈里森跳起来拍手叫好。梅森拉起他妹妹的手，两人一起行了一个屈膝礼。“你们是怎么做到的？太神奇了！”哈里森说。

“真的吗？”梅森扯下了头上的假发，“你没看出来我们是怎么变的吗？”

“你应该再看看我们其他的魔术，”哈德莉两眼放出光亮，“有一个是梅森唱着乡村歌曲被我悬在了空中。”

哈里森哈哈大笑起来：“我肯定会为你们的表演买票的。”

“嗨，孩子们！”车厢的门开了，一个身穿夏威夷衬衫和米色斜纹棉布裤的矮个子男人走了进来。他那卷曲的黑发全都缩在了后脑勺，头顶已经秃了，一双棕色的眼睛闪着快乐的光芒。

“老爸，”梅森一边说，一边把金色的假发塞回了行李袋，

“这位是哈里森。他是英国人！”

“很高兴见到你，哈里森，我是弗兰克。”这位爸爸热情地与哈里森握了握手，“他们有给你表演过吗？老实说，你应该管他们要钱！一直鼓掌还挺辛苦的。”

哈里森咧嘴笑了，立刻喜欢上了这个快活的男人。

弗兰克看了看四周问道：“这里到底发生了什么？”

“我们马上收拾。”哈德莉自责地低头看着地板说道。

“我需要刮胡刀。”弗兰克用手揉了揉下巴，“餐车上有个漂亮的红发女郎，她养了一只蜥蜴做宠物，她叫阿德伯特。我觉得我有可能会是她喜欢的类型。”他眨了眨眼。“帮我拿一下我的洗漱包，儿子，”他把盥洗池灌满了水，“该刮胡子了。”

“好的。”梅森拿出剃须泡沫和刮胡刀，在他爸爸伸出的一只手上挤出了一堆泡沫。

弗兰克搓着双手，把白色的泡沫拍在了自己的下巴上。“话说回来，你是英国哪里人，哈里森？”他问。

“克鲁，”哈里森说，“英国的一个火车小镇。”

“你喜欢火车？”弗兰克洗了洗手，拿起了刮胡刀，“我们也喜欢火车，对不对，孩子们？”

哈德莉和梅森发出了一阵不满的声音。

“我经常要到全国各地去工作，”弗兰克说着，停下来刮了刮一侧的面颊，“而且，由于一些误会，我也不能开车去。”

“那叫超速罚单。”梅森说。

“四张超速罚单。”哈德莉补充说道。

“当时是紧急情况！”弗兰克反驳道。

“我以为美国人都会坐飞机。”哈里森说。

“除非你是一只鸟，不然飞行就是反自然的。”弗兰克一边

说，一边俯身对着镜子，刮起了下巴上的胡子，“不管怎么样，我还是更喜欢坐火车。”

哈里森点了点头，他也这么觉得。

“孩子们，我跟你们说，我对里诺很有信心。这次演出肯定能让我安顿下来。这样一来你们就可以去正规的学校，我也不用请家教了。”他把刮胡刀扔进了水槽，拿起哈德莉递过来的毛巾，“谢谢你，我的小花栗鼠。”他用毛巾轻轻地擦了擦脸和脖子，转头问道：“我看起来怎么样？”

“不可抗拒。”哈德莉注视着往脸上抹了一层气味强烈的须后水的爸爸，“我们的爸爸一定是这趟火车上最帅最有魅力的人。”她肯定地说道。

弗兰克指着镜子里的自己，噘起上嘴唇喊了一声“啊呜”后便往门外走去。快到门口时，他又回头喊道：“我们餐车见，祝你们玩得愉快。”

哈里森的目光落在盥洗池、一堆肥皂泡沫和那把被丢弃的刮胡刀上。一连串的画面在他的脑海里浮现，他倒吸了一口冷气。“刮胡刀。雷扎！[①]”他看着哈德莉和梅森，指了指无名

① “刮胡刀”的英文发音与“雷扎”的英文发音相同。——译者注

指，“结婚……”他用手指比画了个加号，又比画了个割喉咙的动作，这才说道：“刮胡刀！……结婚和玛丽安[1]……玛丽安·雷扎。”

“哇哦！”梅森瞪大了眼睛，“也就是说……等等……这是什么意思？”

哈德莉皱了皱眉头：“等一下，莱恩有可能认识玛丽安吗？”

“似乎不太可能。”哈里森说。

“也许他爸爸也是泽科纳的间谍。”梅森提出了一个想法。

“基恩·杰克逊看起来不像是为科技公司工作的人。”哈里森摇了摇头。

“他为什么要给你传递信息呢？”哈德莉问。

“纳撒尼尔舅舅告诉基恩我们早上在银色童子军车厢见过奥古斯特·雷扎。莱恩一定是觉得我认识她。”哈里森感到一阵兴奋。

“你确实认识她。”梅森指出了事实。

“他在你画出来的西摩·哈特的桌子周围画了线，”哈德莉

① “结婚”的英文发音与“玛丽安”的英文发音相同。——译者注

瞪大眼睛说道，“或许是因为他发现那个男人正在跟踪玛丽安。”

“但怎么会？”哈里森问。他很高兴莫雷蒂兄妹帮他解开了谜题。

“莱恩在西摩·哈特的周围画了线，然后我们又发现他正在跟踪玛丽安，这肯定不是巧合。”梅森说道。

哈里森点了点头，说道：“我很担心玛丽安。”

“她跟她的保镖待在私人车厢里，”哈德莉提醒哈里森，“她很安全。”

“暂时的。”哈里森说道。

“那我们该怎么办？”哈德莉问道。

“我们得跟莱恩谈谈，问问他关于那条信息的事情。”

“想和我们一起吃晚饭吗？”梅森问哈里森，“或许我们能在餐车里遇到他。”

“我不行。”哈里森忽然想起自己晚上还要和佐拉一起吃饭，“我得走了。我们新闻发布会后见。”

第八章

泽科纳的问题

“我回来了。”哈里森边说边把头探进了包厢。

“我正准备派出一支搜寻队找你呢！”纳撒尼尔舅舅一边说，一边从他的包里翻出一条针织丝绸领带，“我准备戴上它去吃晚饭。”

“我应该不用戴吧？”

“不用。这只是……佐拉总有办法让我觉得自己穿得不够得体。”

“但您看起来一向都穿得很好啊！”

纳撒尼尔舅舅坐直了身子，“话是这么说没错，”他笑了笑，“或许你说的也没错。”他把领带放到了一旁，说道：“我们就这样去吧。你准备好了吗？佐拉说要我们先去她的包厢喝一些餐前酒。”

“我必须去吗？”哈里森退到一旁，让舅舅先走出了包厢。

“就是因为你，佐拉才请我们吃饭的。”

哈里森跟上了舅舅。“要是我说了不该说的话怎么办？”他有些担心地问道。

“别担心。如果佐拉的问题让你觉得不舒服，我们就换个话题。”

哈里森把手伸进口袋，摸了摸他的速写本。如果有时间的话，他想趁着脑海里的画面还很清晰的时候，把哈德莉和梅森穿着演出服表演莫雷蒂魔术秀的样子画下来。

“我们到了，包厢 B。”纳撒尼尔舅舅停下脚步，敲了敲门，然后理了理自己的夹克。

包厢的推拉门滑开了。佐拉微笑着跟他们打了声招呼。她换上了一条黑裤子和一件圆领白上衣，脚上的高跟鞋跟她的嘴唇一样红。“欢迎，欢迎。进来坐。”她说。

佐拉把实用的蓝色调包厢布置成了一个时尚的、可以会客的空间。赭色的围巾盖在荧光灯上，让刺眼的光线变得柔和了许多。紫红色的披肩搭在沙发上，沙发上面随意地摆放着几个金色的靠垫。

“你还带了靠垫来？”纳撒尼尔舅舅坐下的时候问道。

“我带了靠垫的套子，我把睡衣装在里面。”佐拉拿起一个银色的鸡尾酒调酒器，“我给你们倒杯喝的。”

“这是什么味道？”哈里森坐在一把搭着樱桃红羊绒披肩的扶手椅上问道。

“檀香，”佐拉说，“从我的香薰瓶里散发出来的味道。只要几滴，我就能让任何地方都有家的味道。哈里森，你喝过薄荷汽水吗？”哈里森摇了摇头。“噢，你应该尝尝。”她说着打开了橱柜，拿出一小瓶绿色的饮料，把它倒进一只玻璃杯里，递给了他。

哈里森小心翼翼地打量着佐拉递过来的发出轻微声响的液

体。他上一次喝的绿色饮料简直令人作呕。

“这是薄荷汽水。”佐拉说。哈里森点了点头，礼貌地微笑了一下。他看着她把一些清澈的液体倒进银色的调酒器中，又加了一把冰块进去，然后使劲地摇了摇。“我读过你在高地猎鹰号盗窃案中的侦探故事。你干得非常出色！”说着，她把调酒器里的混合物倒进了两只酒杯里。

“是吗？”哈里森感到非常惊讶。

“是的，在报纸上。”她直直地注视着他的眼睛，“真是令人印象深刻。”她打开一个罐子，在两根鸡尾酒棒上串好橄榄，然后把它们轻轻地放进了刚才那两只酒杯里。“利用你的绘画才能机智地战胜了一个颇有创意的罪犯。”说着，她把一只酒杯递给了纳撒尼尔舅舅，但视线一直停留在哈里森的身上，“敬铁路侦探哈里森·贝克。”她举起了酒杯。

“敬我聪明的外甥。”纳撒尼尔舅舅边说边对哈里森咧嘴一笑。哈里森感觉自己脸都红了。

“这趟旅行你也带了速写本吗？”佐拉喝了一口饮料，“我很想看一看你的画。”

“你应该已经在报纸上看到过哈里森的一些画作了。”纳撒尼尔舅舅说道。

“我是想看看加州彗星号上的画。你画了吗？银色童子军车厢呢？我们去那儿参观回来后，你有画过什么吗？或许你画了那个城市模型里的火车？”

哈里森不安地想了想自己口袋里的速写本，喝了一口绿色饮料，没有回答。这杯饮料里满是泡沫，有一股牙膏的味道。他皱了皱眉头，咽了口唾沫。

“你为什么对雷扎先生的火车模型感兴趣？”纳撒尼尔舅舅问道。

“你知道雷扎先生一直在购买东北走廊地带的土地吗？”佐拉蜷在了沙发上，“你觉得他为什么要那么做？”

“刚开始，我以为他打算建一条高速铁路……”纳撒尼尔舅舅朝她倾了倾身子，“但后来我们看到……”

“他电脑里那份关于火箭的文件，”她意味深长地看了他一眼，“是太空旅行。”

纳撒尼尔舅舅耸了耸肩膀，说道：“奥古斯特·雷扎从未对太空旅行表现出任何兴趣。”

“所以我才想看看哈里森的画，”她看着哈里森，“那个模型里有火箭站或发射装置吗？”

“奥古斯特·雷扎和我只聊到了火车。”哈里森回答说。他很想知道自己能不能借口上洗手间把手里的薄荷饮料倒了。

佐拉的智能手表上一闪，跳出一条信息，她用精心护理过

的手指轻轻滑过手表。

“我真不知道你怎么能戴着这种东西，”纳撒尼尔舅舅摇了摇头，“我讨厌总是需要操心充电。远离平时的生活才是旅行吸引人的地方之一。”

“我喜欢与世界保持联系，这让我总能快人一步。”佐拉咯咯地笑着说，“你可真是个老古董，出门还带着钢笔和手写的日记本。”

“如果雷扎科技要进军太空旅行领域，泽科纳会怎么应对？”哈里森问这个问题的时候脑子里闪过了玛丽安的形象。

佐拉转过头，盯着哈里森说：“你为什么要这么问？”

“我……我……不知道。我甚至都不知道泽科纳是做什么的。”哈里森有些语无伦次地说道，“不过，它们是竞争对手，不是吗？泽科纳和雷扎科技？”他耸了耸肩膀，瞥了一眼绿色的饮料，以此来回避佐拉锐利的目光。

“泽科纳从事数字信息交易，”纳撒尼尔舅舅一边说，一边兴趣盎然地打量着佐拉，“它拥有软件和硬件公司。如果我没弄错的话，佐拉戴的手表就是它制造的。”

“真聪明，”佐拉抬起手腕，“这块手表好像总是能先我一步

知道我想要什么。”她低沉地笑着说道。

“泽科纳对太空旅行感兴趣吗？”哈里森问。

“不，”佐拉回答说，“泽科纳在自动驾驶汽车的项目上投资了数十亿。”

“机器人汽车？”

“对。在未来，一辆泽科纳制造的汽车会在你家门口接上你，带你去任何你想去的地方。到时候就不用搭乘火车了。”佐拉拿过空杯子，在盥洗池里冲洗了一下，“汽车总是能让火车黯然失色。”

“但火车还会一直存在。”纳撒尼尔舅舅静静地说道。

“饮料怎么样？”佐拉问哈里森。

“嗯，这个，薄荷味。”

“我在巴黎上大学的时候经常喝。”

“玛丽安也在那儿上学。”哈里森说道。

“她很聪明。也许有一天她会接管雷扎科技。你们两个是朋友吗？”她问哈里森。

当哈里森意识到自己在点头时为时已晚。从佐拉脸上出现的得意表情不难看出，他泄露了什么。

“这真是给了你舅舅极大的方便！”佐拉说着，对着纳撒尼尔舅舅挑了挑眉毛。

“我不懂。”哈里森皱起了眉头。

“你看啊，”她环抱着胳膊，“我不相信你们英国人那套‘我们喜欢火车所以来这儿度假’的说辞。”

她的话让哈里森目瞪口呆。他看着舅舅，舅舅却笑着说：“佐拉觉得我带你来是为了把你出色的观察能力变成我的优势，而且我命令你努力融入雷扎先生一家，把你发现的一切有用的信息都告诉我，同时还让你把看到的一切都画出来。”

“噢！”哈里森坐直了身子，注视着舅舅，“您想让我这么做吗？要是这样的话，我……”

“不，哈尔，”纳撒尼尔舅舅摇了摇头，“这趟旅行是给你的生日礼物。”接着，他又转向佐拉，说道：“我们在高地猎鹰号上发现了一件事情，那就是我们真的很喜欢一起搭乘火车。”

哈里森的眼中闪烁着喜悦的光芒，他使劲地点了点头，补充道：“我不只跟玛丽安交了朋友，我还和一个会模仿别人说话的男孩、一个会变魔术的女孩成了朋友，他们对纳撒尼尔舅舅一点儿用也没有。”

佐拉叹了口气，似乎并不相信。“好吧，我会盯着你们俩的。”说完，她指了指他们两个人。哈里森暗暗松了一口气。

“我要为《每日电讯报》报道这场新闻发布会。”纳撒尼尔舅舅说，“可你还没说你在为谁工作。”

“我只是个对企业风险和行业颠覆性事件感兴趣的单纯女孩。”佐拉眨了眨眼睛，“对雷扎科技来说，进军新的领域是件大事。”

“你想挖到某个大秘密，然后把消息卖给出价最高的人？”

“你说得好像我在做坏事一样。”她噘起了嘴，纳撒尼尔舅舅笑了。就在这时，她的手表发出了一声提醒，她低头看了看手表。“该吃晚餐了——如果我们还想饭后有时间为奥马哈的新闻发布会做准备的话。我希望你带了雨伞……”按了下手表上的按钮后，她说道，“因为我的手表说要下雨了。”

“看天色不像。”纳撒尼尔舅舅看了一眼窗外说道。

“科技就是未来，纳撒尼尔，”佐拉边说边拿起手包，打开了房门，“如果你不紧跟时代，就会被时代淘汰。”

“火车也是未来，佐拉，”纳撒尼尔舅舅说着，站起身来，“而我从来不会错过火车。”

第九章

雷扎的火箭

当加州彗星号隆隆地驶出艾奥瓦州，进入内布拉斯加州时，哈里森在舅舅和佐拉的晚餐交谈中转过身，看着车窗外橘黄色的大太阳落进了密苏里河[①]。“它看起来真像是在游泳。”他心里想着。

奥马哈车站在城市的东侧，坐落在许多建筑物之间。铁轨的另一侧，尘土飞扬的路面上，一条挂有灯笼的小路通向一座被灯光照亮的宏伟建筑。“那是达勒姆博物馆[②]，”纳撒尼尔舅舅

① 密苏里河为北美洲最长的河流——密西西比河的主要支流。——译者注

② 达勒姆博物馆位于奥马哈，为一座铁路历史博物馆。——译者注

回过头说道，“新闻发布会将在那里举行。”

佐拉从桌子旁站了起来。“奥古斯特说，发布会将分为两个部分。先在博物馆喝些东西，宣布重大消息，然后我们都得去看看那些老式火车。”她假装打了个呵欠，“再之后，他在银色童子军车厢里说过，要给我们看一些革命性的东西，我打赌那是火箭。”

哈里森和纳撒尼尔舅舅匆匆回到包厢，拿上外套。然后他们加入了其他受邀前来，此刻正聚集在站台上的记者中。

“大家这边请。”一位头发蓬松的女士一边热情地招呼着大家，一边挥舞着手里的写字板，领着他们沿着站台走到了火车的后部。

乘客们透过火车的窗户望着他们。哈里森看见梅森和哈德莉在疯狂地向自己挥手，他也跟他们打了个招呼，他一下子觉得自己成熟起来了。绕过流线型的银色童子军车厢后，哈里森发现铁轨上已经暂时被铺上了木板。他们跟着人群穿过铁轨，来到了那条被灯笼照亮的小路上。

“奥马哈车站曾是横贯美国大陆的第一条铁路的起点，”纳撒尼尔舅舅说，“这里曾经是全国最繁忙的车站之一。”他叹了口气，接着说道：“如今，这个美丽的车站变成了一个博物馆。”

“这些铁轨是干什么用的？”哈里森指着旁边的铁轨问道。

“大部分是给货运列车用的。奥马哈车站已经今不如昔了。我很想看看它鼎盛时期的样子。”

他们从后门进入博物馆，穿过一个里面摆放着一节古老的黑色火车车厢的展厅。然后，他们在弦乐四重奏的乐曲声中来到了一个巨大的大厅里。

“这里看起来真像联合火车站。”哈里森盯着华丽的天花板说道。

“这里就是联合火车站，或者说曾经是。”纳撒尼尔舅舅说，“联合太平洋公司是美国大型铁路公司之一。它的总部设在奥马哈。这是它建造的第一座，也是最宏伟的一座火车站。落成后，一共八家不同的铁路公司在使用这座车站。它是美国新旧铁路的枢纽。”

“您确定这场新闻发布会是关于火箭的吗？”哈里森环顾了一下四周，“这里的一切都和火车有关。”

大厅里人声鼎沸，到处都是摄像机和麦克风。几个人走到纳撒尼尔舅舅面前，和他握了握手。当舅舅向大家介绍哈里森时，哈里森都微笑着点了点头，不过他还是巴望着能去看看美国的老式火车头。

当奥古斯特·雷扎走上台时，人们突然安静了下来。紧接着，人们用一阵热烈的掌声欢迎这位企业家的到来。哈里森也

找到了一个视野更好的地方。

“谢谢各位今天能够光临此地。”奥古斯特双手撑在演讲台上，脸上是充满活力的笑容，他边说边打量着整个房间。他身后站着玛丽安，她穿着一件亮黄色的裙子，看上去一副百无聊赖的样子。奥古斯特说道：

“今天，我们站在革命的最前沿。气候在变化，而我们作为地球上最具适应性的物种，也将随之改变。

“两百多年前，一个名叫罗伯特·斯蒂芬森[①]的人和他的父亲制造出了一台改变了世界的机器。斯蒂芬森的火箭号是当时最先进、最实用的蒸汽机火车，它的汽笛声宣告了工业革命的到来。今天，在这里，现在，我要宣布一场竞赛。”奥古斯特的语气变得激动起来。

人群中传来一阵低声交谈的声音。

“这场竞赛旨在寻找最具创意的清洁能源火车头和铁路系统原型，其革命性应当堪比斯蒂芬森制造出的火箭号。全世界的任何人都可以参赛。”说完，奥古斯特看了看附近的摄像机。

“你觉得你能设计出雷扎火箭号——一辆能够带领我们进入未来的火车吗？”

人群中低声交谈的声音逐渐变成了一阵喧闹声。

“我就说发布内容是跟火车有关的吧。”哈里森小声又激动地对舅舅说道。

“我已经买下了一块地，准备修建一条连接华盛顿、费城、

---

① 罗伯特·斯蒂芬森和其父亲乔治·斯蒂芬森 1829 年制造的蒸汽火车火箭号在英国火车比赛中获得冠军，火车的价值得到人们的认可，在这之后火车正式登上了历史舞台。——译者注

纽约和波士顿[①]的高速铁路线。”

几台相机的闪光灯伴随着快门按下的咔嚓声闪了起来。哈里森拿出速写本，画出了演讲台后面的雷扎先生，然后又用寥寥几笔勾勒出了玛丽安——穿着系带凉鞋，双手放在身体的两侧，仰着头，眼睛盯着天花板。

“我将把公司年利润的20%投入到这家公司以及我们最新的项目——雷扎太阳能电池中。雷扎太阳能电池将是有史以来体积最小、性能最强大的太阳能蓄电池。我一会儿会展示给大家。”

闪光灯亮起的次数越来越多，有一些人举起了手。

“乘客不需要支付高额的费用，我们会用合理的价格为其提供高速旅行。”奥古斯特举起双手，“噢，我差点儿忘了，竞赛获胜者的奖金是10亿美元。”

屋里顿时沸腾起来。哈里森暗暗吸了一口气。人们呼喊着奥古斯特·雷扎的名字，纷纷挥动着手臂想要提问。纳撒尼尔舅舅和其他记者一起向前面涌去。哈里森听着一个又一个关于电池和商业的问题，逐渐失去了兴趣。看着大厅通向博物馆的

① 华盛顿、费城、纽约和波士顿为美国东部的四座城市。——译者注

门口，他决定避开人群，独自去看火车。

他穿过房间，推开门，来到了一个地板上铺着铁轨的展厅。铁轨上停着几节漂亮的老式车厢，哈里森顿时被它们吸引住了。这里非常安静。经过两节漆着“联合太平洋铁路公司”红字的黄色车厢时，他看到其中一节车厢的侧面还漆有“普尔曼车厢”的字样，他露出了微笑。能看到喜欢的东西，这让他感到欣慰。轨道的尽头，一节漆成森林绿的车厢看上去和高地猎鹰号上的豪华车厢简直一模一样。车厢对面的木凳仿佛在邀请哈里森坐过去画画似的。他在木凳上坐下来，把速写本翻开到新的一页，迅速将他捕捉到的精致车厢用明快的线条勾勒出来，其间他甚至都没有低头看过自己的速写本。他满怀感情地画出了弧形的车厢顶部，脑海中不禁浮现出自己在一辆行驶中的火车顶部爬行的画面。

当哈里森低头看自己的画的时候，他不禁失声叫了出来。纸上原先留下的凹痕毁了他的画。他不得不再翻开一页重新画画。一想到莱恩之前握着铅笔用力画画的样子，哈里森不禁有些恼火——真不知道他毁了多少张纸。他用手指抚摸着纸上凹陷的部分。一个念头在他的脑海里突然出现：这些线条是有规律的！他迅速用笔尖在纸上轻轻地拓了一遍，那些凹陷的痕迹被涂上了一层阴影。一个词出现了：救命。

哈里森的心脏剧烈地跳动了起来。他连忙翻回餐车里的那幅画——画面中有西摩·哈特——然后他在脑海里一遍遍回忆当时的景象。莱恩画下了这些线条，把速写本递给了他……然后用手指比出了玛丽安·雷扎的名字。

“救命”“玛丽安·雷扎”。

哈里森顿时感到一阵寒意。他听到远处响起了掌声，于是啪地合上速写本，跳起来冲回了大厅。

“你在这儿啊！”纳撒尼尔舅舅一巴掌拍在了他的肩膀上，但当他看到哈里森的表情后，他的表情严肃了起来，他问：“你没事吧？”

“玛丽安在哪儿？”哈里森看了一眼演讲台，没有发现玛丽安的身影。

“她跟她爸爸在一起。”纳撒尼尔舅舅说，“到底怎么了？”

“我觉得玛丽安有危险。”哈里森说。他不知道该怎么向舅舅解释莱恩传递奇怪信息的事情，那听起来像是个愚蠢的恶作剧。“我们能到外面去吗？”他对舅舅说。

纳撒尼尔舅舅点了点头。他们穿过人群，走出博物馆，踏上了被灯笼照亮的小路。银色童子军车厢顶部的天空微微发紫。天很快就要黑了。

“玛丽安告诉我有人在跟踪她。”哈里森说。

“你相信她？”舅舅略显焦虑地问道。

“这个嘛……”哈里森想了想玛丽安奇怪的行为，他并不完全相信她，但莱恩的信息不容忽视，“火车上发生了一些奇怪的事情。”

“玛丽安有一名私人保镖，”舅舅试图安慰他，“我确信她很安全。”

“我知道，但我有种很不好的感觉……”哈里森伸手捂住了自己的胸口。

“我能帮上什么忙吗？”舅舅真诚地问道。

“我得回火车上，去问某个人一些问题，才能最终确认这件事情。”哈里森的脑海中浮现出了莱恩的形象。“您能找到玛丽安，然后盯着她吗？虽然我知道她有伍迪，但我觉得如果您也能保护她会更好一些。”他认真地说着。他没有告诉舅舅，玛丽安已经从伍迪身边偷偷溜走过一次了。

“当然了。”舅舅点了点头，“雷扎先生要在银色童子军车厢里介绍太阳能电池。玛丽安可能也在那里。我想应该没有人会介意我不去参观博物馆，而是更早出现在车厢里。我敢说佐拉肯定也是这么干的。不过，你也别担心，哈里森。玛丽安肯定平安无事。”

“谢谢。”哈里森感激地笑了，“我忙完就来找您。”说完他踏上木板，绕过银色童子军车厢，走上了站台。他不知道莱恩和基恩在火车上的座位，不过他看到他们进了二等座车厢，所以他从那里登上了火车。他一路穿过车厢，经过了乘客休息室和餐车。他沿途仔细打量着每一名乘客，但始终没有看到他们的踪影。他又怀疑他们的座位是不是在像他和舅舅住的那种小包厢，或者是像梅森兄妹住的那种比较大的包厢里。哈里森开始一路敲着各个包厢的门，寻找着莱恩。

终于，他来到了梅森和哈德莉的包厢门外。

戴着假胡子的梅森打开了房门。“嘿，博物馆怎么样？”梅森问他。

哈德莉正在穿她的彩虹亮片夹克。“怎么了？”她问道。

哈里森举起手中的速写本，说道：“看！”

“救命！什么意思？”哈德莉问道。

“莱恩用我的铅笔在速写本上留下了这个，这是一个隐藏的信息。直到我在这上面画画时才看到了它。”哈里森看了看哈德莉，又看了看梅森，“他想告诉我玛丽安·雷扎有危险。”他停了一下。“救命——”他指着那页纸，然后做了那一连串动作，“玛丽安·雷扎。”

“哇哦！”梅森坐下来，撕掉了脸上的假胡子，“什么样的危险？”

“我不知道。西摩·哈特也在这张画里，所以他可能与这件事有关，但他也可能不……”哈里森的心跳加快了，“我到处寻找莱恩，想知道他到底是什么意思，但我不知道他是在包厢里还是……”

“他在我们隔壁的包厢。”哈德莉说。

“什么？！”

“莱恩和他那个讨厌的爸爸住在隔壁的包厢里，”梅森点了点头，“我们看到他们从隔壁进出过。”

哈里森冲进走廊，狂敲他们的房门。没有人回应。

“玛丽安现在在哪儿？”哈德莉站在门口问。

“在银色童子军车厢里。我舅舅正在看着她。”哈里森回答道。

“如果你找不到莱恩，或许我们可以直接去跟玛丽安谈谈？”

“跟她说什么？说她现在有危险？”梅森说，“这原本就是她告诉我们的！”

“好吧，”哈德莉脱下了夹克，抓起一件羊毛开衫，“我很想弄清楚莱恩想要传递的信息，你们呢？”

“我们走。”哈里森说道。

他们三个人就这样冲上了站台。天渐渐黑了，车站的灯也亮了起来。灯光照在加州彗星号的铁皮车厢上，反射出一片泛白的亮光。

当他们走近银色童子军车厢时，哈里森看见佐拉走上了站台。他刚想张嘴喊她，但还没来得及出声，一声尖叫便划破了夜空。

哈里森一跃而起，冲过车站大楼的角落。他看见一个身穿黄色衣服的人正在拼命挣扎，而一个穿着连帽外套的人在把前者向相反的方向拖去。

“玛丽安！”哈里森大喊一声。玛丽安的身体晃动着，金色的头发凌乱地飘动着。那个穿着连帽外套的黑影把她塞进了一辆汽车的后备厢，然后砰的一声关上了后备厢，她的尖叫声也随即消失了。

“住手！”哈里森一边大喊，一边朝汽车冲了过去。佐拉虽

然穿着高跟鞋，但没想到她也跑得飞快。纳撒尼尔舅舅也突然出现了，他几步就超过了佐拉。哈里森听到梅森和哈德莉就跟在自己的身后。伍迪也大喊了一声。

那个穿着连帽外套的身影纵身跳进汽车的驾驶座。引擎已经发动了。随着轮胎发出的一阵刺耳的声音，汽车摇晃着甩开他们，消失在了夜色之中。

第十章

夏洛克·达·芬奇

“救命！”佐拉尖叫着，转身向银色童子军车厢跑去，“我们需要帮助！”

纳撒尼尔舅舅跳过低矮的篱笆，在疾驰而去的汽车后面一路狂奔。伍迪跟在他的后面。梅森则在最后追赶着他们。

哈里森跪了下来，从口袋里抽出他的速写本，摔在地上，忙乱地寻找空白的页面。他的手指紧紧地攥着铅笔，就连短短的线条都画不流畅了。他深吸了一口气，试图平息下全身的恐惧。一辆破损且多处有凹陷的汽车逐渐在速写本上成形了，车牌也在他的脑海里浮现了出来——顶部是一排斜条纹；“俄亥俄州”一词；然后是“航空诞生地”几个字；字母“FWW”；再之后是四个数字：“983……”第四个号码他没有看清，于是他划掉了它。他又深深地吸了一口气，将注意力集中在那个将玛丽安拖走的黑影身上。他闭上眼睛回忆，接着画出了两个人身高的差距、体形的差异、玛丽安的姿势，以及他们脚的样子。

哈德莉站在他的身边，静静地看着他画画。

哈里森画完后，低头盯着自己的画。

“那是什么？”哈德莉拍了拍他的肩膀，指着一辆汽车问道。

哈里森抬头一看，只见一辆汽车挡风玻璃的雨刷下塞着一张白纸，这辆汽车停放的位置紧挨着刚刚那辆带走玛丽安的汽车。哈德莉连忙跑了过去。

一群惊慌而好奇的记者从银色童子军车厢里冲了出来，满脸惊慌的奥古斯特·雷扎出现在人群的最后面。由于所有人都在发问，一时间这里变得喧闹不已。

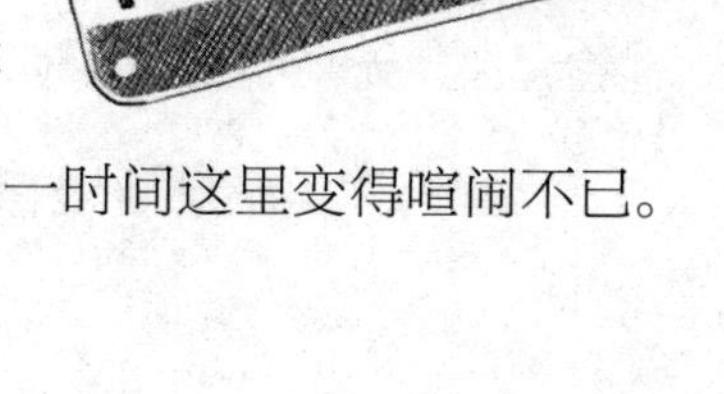

佐拉气喘吁吁地站在奥古斯特的面前，看上去也是一副心烦意乱的样子。

“您的女儿被抓走了。有个男人，在车里，就在那边，”她指着停车场说道，“他们已经走了。噢，奥古斯特，她被绑架了。”

“玛丽安！”奥古斯特·雷扎一边呼喊着，一边踉踉跄跄地跑进了停车场。他慌乱地四处张望，仿佛还能看到自己的女儿似的。“玛丽安？”他对着夜色喊道，“玛丽安！”

哈里森觉得非常难受。为什么纳撒尼尔舅舅没有像他答应自己的那样一直盯着她呢？伍迪又到哪里去了？

纳撒尼尔舅舅跑回停车场，身后还跟着梅森。他径直走到奥古斯特·雷扎的面前，气喘吁吁地说道：“汽车右转进了太平洋街，然后在南10号街向北开走了，是一辆雪佛兰，深红色，不，是栗色。我没看到车牌。”他停下来喘气。哈里森听到了警笛声。“伍迪打电话报了警。”舅舅又补充说道。

奥古斯特·雷扎急得在原地转圈，完全不知道该怎么办了。他抬起头，无奈而又愤怒地对着夜空大声喊道：“玛丽安！”

哈德莉挥手示意哈里森到那辆车边上去。“这是勒索信！”

她小声地对他说。哈里森看到了一张用报纸上剪下来的字拼出信息的字条。“我们千万别碰它。上面可能有指纹。”哈德莉说。

哈里森点了点头，迅速把这条信息的内容记在了自己的速写本上。他一边记下这些残酷的文字，一边觉得胃里一阵翻腾。“纳撒尼尔舅舅，”他喊道，“这里有给雷扎先生的字条。”他指了指汽车的挡风玻璃。

就在这时，伍迪脸色苍白地跑回了停车场。

“她在哪儿？”奥古斯特朝他喊道，“她在哪儿？”

伍迪摇了摇头，举起空空的双手。“我就把目光从她身上移开了一分钟，她想喝一杯……”他嘟囔着。

“你被开除了！”奥古斯特大吼一声，然后从这位保镖的身边走开了。“不！”他突然又转过身喊道，“你没被开除。在我们找到我的玛丽安并把她安全地带回家之前，你不准休息。我之后再开除你！”

伍迪低头看着地面，哈里森看到他的脸上露出了痛苦的表情。

“让所有的人都离开这里，回到车站里去。在警察到来之前，谁也不可以离开。”奥古斯特说。

“奥古斯特，过来一下，你得看看这个。”纳撒尼尔舅舅说。

“勒索信？”奥古斯特努力克制着自己的情绪，他的声音听上去非常生硬。

哈里森点点头，让开一步，好让这位父亲能够上前看清楚。

“别碰它，先生，”哈德莉轻声地说，“上面可能有指纹。”

奥古斯特没有去动汽车的雨刷，只是扫了一眼字条。“贪婪的混蛋！”他非常刺耳地大喊了一声，举起握紧的拳头，砰的一声砸在了汽车的引擎盖上。

“他们走不远的，”纳撒尼尔舅舅十分肯定地说道，“警察会找到她的。”

不一会儿，红蓝两色的警灯在漆黑的夜晚闪烁了起来，一队警车开进了停车场。奥古斯特·雷扎独自上前去迎接到来的警察。

“哈尔，你没事吧？”纳撒尼尔舅舅伸出手，搂住了哈里森的肩膀。

哈里森甩开舅舅的胳膊。“您应该好好看着她的。”他感到怒不可遏，“您不相信我吗？”

“我相信你。我以为她在银色童子军车厢里很安全。我就把目光从她身上移开了一分钟……”舅舅说道。哈里森看向了别处。“对不起，哈尔。”舅舅把手搭在哈里森的胳膊上，这一次，哈里森没有甩开他。

哈里森感到舅舅正在发抖。“我记下了车牌号。”他生硬地说，语气里充满了不满的情绪。

“真的吗？”

“嗯。汽车右后挡泥板上有一个凹痕，轮胎被磨得光秃秃的。拖走玛丽安的那个人很矮，顶多比玛丽安高三四英寸①。那人穿着黑衣服，所以不好说，不过，嗯，我觉得那是一个女人。”

“什么！为什么？”

“我也不确定，不过她的脚看上去很小，和玛丽安的差不多大。我们应该看看泥地里有没有脚印。让她暴露的是她的身材，主要是她的腰身和臀部的曲线。”哈里森点着头继续说道，“对，我很确定，那就是个女人，但我看不清她的头发和脸。她戴着

① 英寸为英美制长度计量单位，1 英寸≈2.54 厘米。——译者注

巴拉克拉法帽[①]，还穿了一件黑色的连帽衫。”

梅森和哈德莉站在旁边，张着嘴听着他们的谈话。

“你是怎么记住这些的？”当纳撒尼尔舅舅领着三个孩子走向车站时，哈德莉问。

哈里森耸了耸肩膀，说道：“我画画的时候会观察物体的形状、大小和比例，就好像我用大脑先拍了一张照片，然后我的手变成了打印机。在我把这些画面画出来之前，我似乎并不能用其他方式来表达我注意到的某些细节，比如让我用语言来描述我看到的某件东西，我的记忆反而很模糊，我不能准确地用语言描述自己到底看到了什么。”

“老兄！”梅森惊呼一声，“你就像是列奥纳多·达·芬奇和夏洛克·福尔摩斯的合体。”

“我不是，”哈里森有些激动地说道，“夏洛克·福尔摩斯会在玛丽安被绑架之前把一切都弄清楚。”

加州彗星号的车厢窗户上聚集着一张张面孔，这些面孔远远看上去就像一串串米黄色的气球——乘客们纷纷把脸贴在玻璃

---

① 巴拉克拉法帽来自于克里米亚地区的巴拉克拉瓦。由于气候寒冷，当地居民都戴着这种帽子以保护脸和脖子不受到寒冷和强风的侵袭。——译者注

上，想看看究竟发生了什么事情。

哈里森、梅森和哈德莉走进车站，发现车站里挤满了来自银色童子军车厢的记者，他们或者在窃窃私语，或者在专注地打着电话。哈里森扫视着人群。

“在找人吗？”梅森问他。

“莱恩，”哈里森咬着牙回答，“他明知道会发生这样的事情，可他什么也没有做。”

“不是这样的，”哈德莉说，“他试图要告诉你，不是吗？”

梅森点了点头，说道：“或许他只能做到这一步了。”

“他在哪儿？”哈里森又扫视了一遍人群，“火车上我已经找遍了，这里也没有。”

纳撒尼尔舅舅被两个警察拉到一边。其中一个警察是个方下巴的男人，而另一个矮胖的金发女警察正对着对讲机说话。那个方下巴的男警察朝舅舅点了点头。纳撒尼尔舅舅指了指哈里森，他们朝他走了过来。

“我是警官巴基，”男警察伸出手与哈里森握了握，“我们想问你几个问题。”

“爸爸！”看到焦急的弗兰克·莫雷蒂出现在车站的门口，

梅森大声喊道。

“小花栗鼠！小花生！”弗兰克跑上前来，拥抱着他的孩子们，“我听人说有一个女孩被绑架了……”他捂着自己心脏的位置，摇了摇头，眼里满是泪水。

“我们没事，爸爸。”哈德莉紧紧地抱着他。

“我听到了尖叫声。火车上的人全都拥向了窗口。我到处找你，”哈德莉的爸爸捂住自己的脸，“我以为我看见你了，可那不是你。”弗兰克·莫雷蒂已经开始语无伦次了：“我找不到你了。我想告诉警察。但他们不让我下火车，我想……我想……”

“爸爸，有我在，哈德莉不会出任何事情的，您知道的。”梅森揉了揉爸爸的胳膊，“被绑架的是奥古斯特·雷扎的女儿，我们亲眼看到的。”

“你们看到了？”弗兰克瞪大了眼睛，“可怜的男人。”

纳撒尼尔舅舅向弗兰克伸出一只手，说道：“我是纳撒尼尔——哈里森的舅舅。这两位是来自奥马哈警察局的巴基警官和拜恩斯警长，他们有几个问题想问一问孩子们。”

“没问题。”弗兰克·莫雷蒂点了点头，但并没有松开他的两个孩子。

“我们想跟哈里森先聊聊，请哪儿也不要去，”拜恩斯警长对哈德莉和梅森说，“我们很快就来给你们录口供。”

“这里闹腾得就像个马戏团。”巴基警官说。“我们找个安静的地方。跟我来。”他对哈里森说道。

他们跟着警察从侧门走进车站大楼的售票处。哈里森坐在一把转椅上；警察们背靠着柜台站着，车站嘈杂的噪声被他们身后一道玻璃做成的墙挡在了外面。巴基警官拉下了百叶窗。

“你舅舅说你看到了很多关于绑匪及其车辆的细节。”拜恩斯警长一边说，一边敲着笔打开了笔记本。

“全在这儿了。”哈里森说着，拿出了他的速写本。

他对照着自己的画，把之前跟舅舅讲过的每一个信息又重复了一遍。拜恩斯警长记下了他说的每一句话，巴基警官则眯起眼睛一会儿看看哈里森，一会儿看看速写本上的画。

“我很惊讶你居然全都看到了，”巴基警官用一种不相信的语气说道，“当时天已经挺黑的了。”

哈里森耸了耸肩，说道：“站台的灯还亮着。”

“接下来，你该告诉我们绑匪的体重了。”巴基警官开玩笑地说道。

“大约八点五英石[①]，”哈里森说，“大概吧。她和我妈妈差不多高，不过更瘦一些，而且我觉得她也更年轻一些。”

“你现在还能知道她的年龄了？”

“没有。不过她既然能把拼命反抗的玛丽安塞进车里……我猜她应该在二十到三十岁之间。”

“哇哦，孩子，”巴基警官举起一只手，“这些可不是事实。”

“我在告诉你我看到了什么。”哈里森僵硬地说道。

“一幅画算不上证据。”拜恩斯警长温柔地说道。

纳撒尼尔舅舅向前倾了倾身子，说道：“你们不是才从哈里森这儿了解到了车牌号、汽车的牌子和颜色吗？”拜恩斯警长点了点头。“如果这些信息能被证实，或许你们应该考虑一下哈里森观察到的其他东西。”舅舅的语气里透着不满。

“当然。我们会立刻调查这个车牌。”拜恩斯警长合上了笔记本。

哈里森看得出来，他们并没有把他当回事。

“谢谢你的帮助，孩子。”巴基警官朝哈里森眨了眨眼睛，

---

① 英石是不列颠群岛使用的英制质量单位之一，亦被英联邦国家普遍采用，1 英石≈ 6.35 千克。——译者注

“接下来就交给我们吧。”

“你现在可以回火车里去了。”拜恩斯警长说这句话时，巴基警官已经打开了房门。

“这趟火车不会被取消吗？”哈里森问道。

拜恩斯警长摇了摇头：“犯罪是在火车外面发生的。我们正在询问所有证人，寻找可能的线索。雷扎那边的人必须留在奥马哈，我们现在正在搜查火车，但我们似乎没有必要阻止善良、诚实的好公民前往旧金山。等我们完成这些工作后，加州彗星号就可以离开了。”

“那银色童子军车厢呢？”纳撒尼尔舅舅问道。

“等我们的工作完成后，它可以和加州彗星号一起启程。雷扎先生通常会把它停靠在旧金山。所以，到时候车厢会被锁起来，然后在埃默里维尔与加州彗星号分离。”

走出车站大楼，直升机螺旋桨震耳欲聋的响声让哈里森下意识低下了头，耀眼的灯光让他一时之间什么也看不清了。他眨了眨眼睛，视线稍微变得清晰了一些，只见不远处的拜恩斯警长正向瓦妮莎·罗德里格斯走过去，瓦妮莎从皮夹克的口袋里掏出一样东西给拜恩斯警长看了一眼，然后两个人便说着话走开了。

“你在看什么？”看到哈里森走出车站，哈德莉问他。

“那个女人，瓦妮莎·罗德里格斯，她住在我们包厢的对面。我很好奇警察为什么想要跟她谈话。”

“也许她透过窗户看到了什么。”

“哇，搜索直升机！”梅森用手遮住眼睛，“你看过《热力追踪》[①]那部电影吗？只要搜索直升机出动了，坏人肯定逃不掉了。真是太棒了！玛丽安很快就会得救了。”

“我希望他们能把绑匪投入大牢。”哈德莉说道。哈里森则点了点头。

“我想喝一杯。”弗兰克·莫雷蒂说，他擦了擦额头上的汗，“我觉得咖啡厅应该还在营业。孩子们，想吃冰激淋吗？受到惊吓后吃冰激淋最好了。这种事情我最清楚了，毕竟我是意大利人。”

哈德莉和梅森发出了一声欢呼。

“我也想吃个冰激淋，”哈里森对舅舅说，“我可以去吗？反正我现在也睡不着。”

---

① 2015 年上映的美国电影。——译者注

“他跟你们一起去可以吗，莫雷蒂先生？”纳撒尼尔舅舅问道。

莫雷蒂先生点了点头，说道：“我不会让他离开我的视线。还有，叫我弗兰克就行。”

“谢谢你，弗兰克。”纳撒尼尔舅舅说道。接着，他转向哈里森，苦笑着说道：“对不起，我让你失望了。跟你的朋友们去吧，吃点儿冰激淋。如果你需要我，就来包厢找我。”

“您还要工作？”哈里森略带责备地问道。

纳撒尼尔舅舅看着地面点了点头，说道：“报社想要明天把这篇报道发出去，这则新闻肯定会登上报纸的头版头条。”

第十一章

动机、手段和机会

“我们现在该怎么办？”梅森说着，把勺子插进了手里的巧克力冰激淋。

哈里森和他的两个朋友就坐在他们曾经和玛丽安一起坐过的那张桌子旁。弗兰克在柜台边和咖啡厅的服务员查理聊天，但他每隔一分钟就瞥一眼孩子们。

“现在？”哈里森皱了皱眉头。

“你是一名侦探，不是吗？”梅森用勺子指了指哈里森，“那我们就来破案。”

哈里森正准备辩解说自己之前破了珠宝盗窃案只是为了救好朋友玛琳，但他又打住了，玛丽安也是他的朋友。

“你之前说的话我现在想起来都还觉得毛骨悚然。”说完，梅森提高了音调，模仿着哈里森纯正的克鲁口音补充说道：“我觉得我应该能够看出点儿什么，但是我又不知道自己应该往哪里去找。”他一拍桌子，又恢复了自己平时的语气说道：“就好像你知道会发生那种事情一样。”

哈德莉瞪大了眼睛看着哈里森，说道：“你是怎么知道的？”

“我不知道。”哈里森忽然不安地意识到他们俩正目不转睛地盯着他。“这就像……当你在看一幅图片时，你会发现一些特别突出的东西，因为那是你不期望会看到的。”他摇了摇头，“这么说能理解吗？”

哈德莉点了点头，说道：“我当时在站台上看着你画画，你一下子就把所有的东西都画出来了。虽然我们都看着同样的地方，但你注意到了一些我没注意到的东西。”

“警察对莱恩的信息说了什么？”梅森问哈里森。

“我没告诉他们。”哈里森说着，心里闪过一丝愧疚，“警察觉得我的画很幼稚。如果我告诉他们莱恩给了我一条隐蔽的信息，那听起来也太傻了。他们对我说的话完全不感兴趣。”

“大人们什么时候把我们当回事了？”哈德莉歪了歪脑袋。“你真该听听当我介绍自己是一个魔术师时，那些人是怎么嘲笑我的，”她把双臂交叉起来，“但我一定会笑到最后。”

“我还是没想明白，你是怎么在那么小的空间里，让梅森先消失然后又出现的。”

“经典的误导。”哈德莉摆了摆手，“梅森藏在衣橱里。他躲进去的时候，你的注意力一直在我这里，然后我再用水晶球掩护他出来。”

“就这么简单？”哈里森惊讶地看着梅森，“我怎么会没看到你？”

“你看到的都是哈德莉想让你看到的东西，这就是魔术！”梅森咧嘴一笑，“但是，你所做的……真挺吓人的。你预感到玛丽安有危险，然后，砰！她真的被绑架了。除非你就是绑匪，不然你肯定是一个出色的侦探。好了，让我们把这件事好好搞清楚，看看玛丽安到底在谁的手上。”

“我不确定我能不能做到，毕竟美国和我的家乡太不一样了。”哈里森边说边拿出他的速写本，“我当初侦破珠宝盗窃案时，地点、人物、语言我都很熟悉，而且我舅舅也在帮我。”

“好，没事，这一次你有我们。”哈德莉说道。

“起码在后天抵达里诺之前必须解决。”说完，梅森又补充了一句，“所以，我们得抓紧了。”

“要想确定嫌疑犯，我们需要弄清三件事情，”哈里森一边说一边翻着速写本，“动机、手段和机会。绑架的原因，犯罪的方式，以及什么事情促成了绑架案的发生。”他在抄有勒索信的那一页停了下来，说道：“我们先看看动机。为什么会有人想绑架玛丽安呢？”

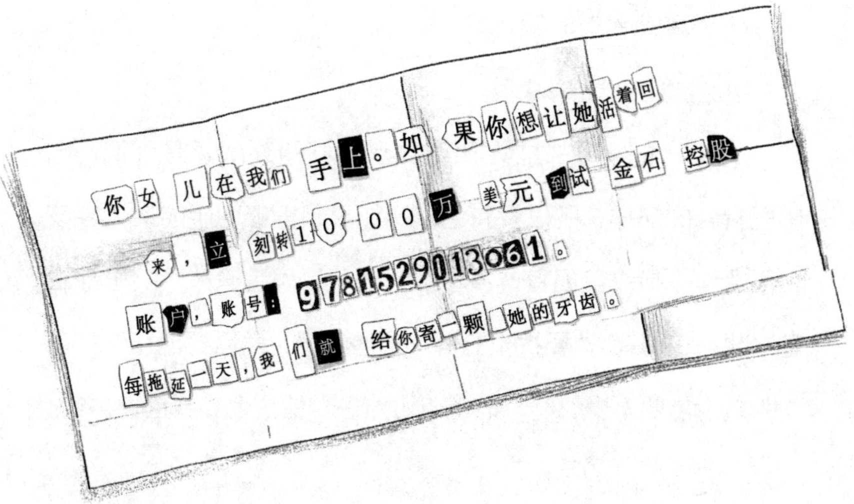

他们三个人一起低头去看速写本。

哈德莉皱起了眉头。

“我真不敢相信他们只要1000万美元，”梅森说，“我是说，雷扎先生是世界上最富有的人之一。要是我，肯定会要5000万或者1个亿。”

哈里森点头表示同意，说道：“雷扎火箭号火车设计竞赛的奖金就有10亿美元。”

“也许他们觉得雷扎更有可能支付1000万美元。”哈德莉提出了她的想法。

“玛丽安告诉过我们动机，”哈里森说，“她说一直有人觊觎她爸爸的钱和秘密。”

“什么秘密？”哈德莉问。

“商业机密？”梅森问。

“字条上的字母都是从报纸标题上剪下来的，就像你们在电影里看到的那样，所以没有笔迹。如果绑匪够聪明的话，应该也不会留下指纹。但有一件事情我们可以确定……”哈里森看着哈德莉和梅森，“要找出并剪下这些字母，然后再把它们粘在一张纸上需要不少时间，谁也不可能匆匆忙忙地完成这件事情，所以这是一场经过精心策划的绑架。”

哈德莉和梅森瞪圆了眼睛。

“这个试金石控股的银行账户又是怎么回事？”梅森问。

“我不是很了解银行账户，但是在电影里，坏人都会用假名在巴哈马[①]开户。”哈德莉说。

“我相信警察肯定会去调查的。”哈里森说。

“绑架的方式呢？”梅森又问，“也就是手段！”

“我们知道些什么？”哈里森反问。

“那个人穿着黑色的衣服，看不清脸，在那辆栗色的雪佛兰车里等着，车还没有熄火。”

“对，”哈里森点点头，“只有一名绑匪。”

“所有人都知道奥古斯特·雷扎今晚会在奥马哈举行新闻发布会。”梅森说。

“对，但不是所有人都知道他把女儿也带来了。”哈里森说，“所以说，这封勒索信是非常重要的线索。”

“绑匪肯定不会是发动好汽车，坐在那儿，只等着玛丽安不带任何保镖，独自一个人从旁边经过吧？”哈德莉提出了

---

① 巴哈马为拉丁美洲岛国，位于美国佛罗里达州东南海岸的对面。——译者注

疑问。

“不会。”哈里森同意哈德莉的话。“玛丽安为什么要独自一个人出去呢？她到哪儿伍迪都会跟着她，我还让纳撒尼尔舅舅也盯着她。不过他们两个人都没盯住她。”他说。

哈德莉倒吸了一口气：“看来银色童子军车厢里有人跟绑匪里应外合！他们把玛丽安弄到外面去了。”

哈里森点了点头，说道：“他们让她远离了她的保镖。”

梅森看着哈里森，问道：“我们遇到玛丽安时，她跟你道歉，说之前伤害了你。我想知道，她做了什么？”

“她扯了我的头发。我们当时在她的房间里画画。我不小心把她的笔筒撞到了地上。我蹲下去捡笔，她突然扯了我的头发，真的很痛。”

“她扯了你的头发？”哈德莉说，她看上去显得很惊讶。

“还吼我，她当时真是暴跳如雷。”

“哇哦。”梅森眨了眨眼睛。

“你舅舅做了什么呢？”哈德莉问。

“我没告诉他这件事情。”哈里森说，“看到我跟奥古斯特·雷扎的女儿相处得很好，他似乎很高兴。我不想让他知道她讨厌我。”

“你有没有跟他说过玛丽安给自己伪装的事情？”梅森问。

哈里森摇了摇头，说道：“没时间。”说完，他感到了一阵内疚，因为他知道这是一句假话。他为什么不把这些告诉纳撒尼尔舅舅呢？

“嘿，孩子们，你们得赶紧吃完了。很晚了。”弗兰克指着正在拉下吧台百叶窗的服务员说，“如果我们不快点儿离开，查理就要变回南瓜了。”

火车摇晃了一下，他们都望向窗外，看着火车缓缓驶出了奥马哈车站。警车上旋转着的红蓝双色警灯，带着卫星天线的电视新闻面包车，还有成群的记者都消失了——取而代之的是一片黑暗。

哈里森的思绪回到了玛丽安的身上，她被扔进了汽车的后备厢里。他不禁打了个寒战。他本来可以阻止绑架的吗？玛丽安现在在哪儿？她害怕吗？他想到勒索信上可怕的威胁，想到她的牙齿，不禁闭上了眼睛。

“他们动用了整个州的警察在找她。”梅森把手放在哈里森的胳膊上轻声地说，“多亏了你，他们找到了车牌号。我相信玛丽安早上就会和她爸爸一起回来了。”

“要是她没有呢？”哈里森问。

“那我们就早餐的时候见，”哈德莉答道，“然后一起破了这桩案子。”

哈里森点了点头，说道：“我们得帮她。”

三个人站起身来，跟着弗兰克回到了莫雷蒂家住的车厢，在那里分了手。

“晚安，夏洛克·达·芬奇。”梅森关上包厢门的时候，小声地对哈里森说了一句。

哈里森轻手轻脚地继续往前走着，他注意到车厢正在发出轻微的吱吱声，车轮轧过铁轨时也发出了咔嗒咔嗒的响声。火车驶入了内布拉斯加州。他小心翼翼地推开包厢的门。他的床铺已经放了下来。纳撒尼尔舅舅躺在下铺，戴着眼镜睡着了，日记本还放在腿上。哈里森轻轻地拿开舅舅的眼镜和日记本，把它们放在架子上，关上了阅读灯。

哈里森踩着嵌在包厢壁上的脚踏板爬上了自己的床铺。他展开一条蓝色的涤纶毛毯，静电火花噼啪作响。躺下盖好毯子后，哈里森闭上了眼睛。随着车厢轻柔地摇晃，他脑海里出现的是惊恐万状的玛丽安，身穿黄色连衣裙，蜷缩在一辆汽车的后备厢里，这样的画面让他又不得不睁开了眼睛。

他怎么也没想到，自己在加州彗星号上的第一个夜晚竟然是这样度过的。

第十二章

山地时区

哈里森在一股咖啡味和火车隆隆的响声中醒了过来。昨晚，他还一度确信自己肯定会睡不着了。当时他躺在床铺上，盯着天花板，在心里数着沿途那些驱赶离群的奶牛离开铁轨的喇叭声。他记得自己数到了 23，在那之后，他肯定是睡着了。

“我把弗朗辛给你的礼物带来了。”纳撒尼尔舅舅站在门口，一手端着一杯黑咖啡，一手举着一串棒棒糖。

“我不是爱吃糖的小毛孩了，”哈里森说，“而且我也不喜欢喝咖啡。”他还在为舅舅没有看好玛丽安而生气。他猛地坐起来，脑袋撞到了天花板。

“小心。”纳撒尼尔舅舅一边温和地说，一边坐了下来。

“有玛丽安的消息了吗？”

“没有，不过现在还早。”

“现在几点了？”哈里森边问边爬了下来，他发现纳撒尼尔舅舅的床铺又分开成了两张座椅。

“好问题。”纳撒尼尔舅舅带着试探的微笑答道，“虽然现在感觉像是早上七点，但其实是六点。昨天晚上我们穿过内布拉斯加州，进入了科罗拉多州，这里是一个全新的时区，所有的钟表都要往回调一个小时。”舅舅摘下手上那块厚实的有着银色表带的手表，扭动手表侧面的银色旋扭，手表上的分针和秒针在海军蓝表盘上朝着逆时针方向转动了起来，最后那根橘黄色的时针也逆时针转动了一格。

“我以为只有去了不同的国家才需要调整时区。”

“美国一共有六个不同的时区。东部的华盛顿特区和西部的夏威夷岛就有七个小时的时差。昨天晚上，我们离开了中央时区，现在已经进入了山地时区。”

“我没有看到山。”哈里森向窗外望去。这是一个晴朗的早晨，科罗拉多州灰白的泥土一直延伸到地平线。他从来没想过沿途的地势竟然会如此平坦，自从火车过了芝加哥（现在已经距离他们已经一千多公里了）之后，他就再也没见过一座山了。

“今天我们要穿过落基山脉的雪峰，景色会非常好看。”纳撒尼尔舅舅重新戴上手表，“如果幸运的话，我们还会看到熊或驼鹿。”

哈里森指着舅舅其余的五块手表，问道：“您不需要调整其他手表的时间吗？”

“东京或是家里的时间都没有变，”他举起右手腕，“柏林、悉尼和莫斯科也没有。是我们在移动，而不是时间。”

哈里森摇了摇头。“自从我们在美国落地之后，我就一直没有时间概念，”他揉了揉眼睛，让自己清醒了一些，“我的身体已经不知道什么时候该吃饭，什么时候该睡觉了。”

“有时差的时候就会是这样的。”纳撒尼尔舅舅关切地看着他，“你睡着了吗？”

“睡着了一会儿。”哈里森耸了耸肩膀，“我总是想着玛丽安的事情。”

“我也是。”纳撒尼尔舅舅顿了一下，清了清喉咙，“如果你不想回忆昨天的事情，我完全理解，不过我想知道，我们可以从头到尾聊一聊吗？”

“我没事。”

“我真的很抱歉让你失望了。”纳撒尼尔舅舅轻声地说，“如果能让时光倒流，我愿意做任何事情来弥补。”

“舅舅，当时到底发生了什么？”

“我当时在银色童子军车厢，就站在玛丽安的正对面。她正站在门边和佐拉说着话，伍迪就站在她的旁边。奥古斯特·雷扎向我们演示了太阳能电池是如何工作的，并邀请房间里的人提问，他让我分神了一下……我只把目光从玛丽安身上移开了一分钟。”他垂下了头，“然后，当我看到伍迪端着一盘饮料时，我发现玛丽安不见了。我穿过车厢走到门口的时候，听到了她的尖叫，于是我连忙跑了出来。”说完，舅舅用双手捂住脸，深吸了一口气，试图稳定自己的情绪，然后又看着哈里森，说道：“可我还是晚了一步。”

“我想知道玛丽安和佐拉当时在聊什么。”

“不管是什么，反正佐拉觉得比奥古斯特的演讲有趣。”

“我们应该问问佐拉。”哈里森看着纳撒尼尔舅舅，舅舅也点头表示同意。

“你当时也在站台上，哈尔。你不会是觉得佐拉……我是说，她离玛丽安也不近吧？”

“我看到佐拉独自一个人从银色童子军车厢里走了出来，然后玛丽安尖叫……我跑了过去……我看到她在被人往后拽。佐拉和我一样拼命飞奔了过去。”哈里森说道。

纳撒尼尔舅舅看上去松了一口气，问道：“哈尔，你曾说过你觉得玛丽安有危险……你是怎么知道的？”

“我不知道玛丽安会被绑架。”哈里森说，“但在芝加哥联合火车站画画时，我就感觉有什么看不见的事情正在我的面前悄然地发生。”他努力地搜寻着合适的字眼。“我看见玛丽安和伍迪穿过大厅……”他突然不说话了，“噢！”

“嗯？”纳撒尼尔舅舅把身子往前倾了倾。

“我刚想起来一件事情。”哈里森把手伸到床铺上，抓起他的速写本，找到了其中的一幅画，“当时玛丽安朝莱恩眨了眨眼睛，我以为她是同情他戴着牙齿矫治器。莱恩没有回应，我还以为他是觉得有些害羞或者尴尬。”

“我觉得他就是害羞。”

“嗯，可是……”哈里森看着窗外向后飞驰的灌木丛，“您说他们会不会早就认识？”

纳撒尼尔舅舅皱起了眉头，说道：“我想象不出来莱恩·杰克逊和玛丽安·雷扎有什么机会能够认识彼此。你不是说她在巴黎上学吗？”

哈里森点了点头，说道：“是很奇怪。不过，您记不记得我们之前和莱恩还有他的爸爸一起吃饭？莱恩话不多，但我觉得他当时是想告诉我什么事情……”

一阵敲门声打断了他的话，纳撒尼尔舅舅起身打开了房门。

哈德莉和梅森站在走廊里。“早上好！”哈德莉向他们打了声招呼。

“爸爸还在打鼾，可我们饿了。”梅森说道。

“我们也想知道有没有玛丽安的消息。”哈德莉补充道。

“还没有。”纳撒尼尔舅舅说道。

“你想和我们一起去吃早餐吗，哈里森？”梅森问道。兄妹俩热切地望着他。

哈里森转向舅舅，问道：“我可以去吗？”

纳撒尼尔舅舅点了点头。“我去跟佐拉一起吃早饭，我有几个问题想要问问她。”

“我需要换件衣服，”哈里森对哈德莉和梅森说，“我一会儿再去找你们？”

“没问题。”梅森点了点头。莫雷蒂兄妹走开了。

“问问佐拉，看她知不知道玛丽安当时为什么要出去，伍迪为什么没跟她在一起。”哈里森一边对舅舅说，一边穿上了牛仔裤和条纹套头衫。“再看看您能不能弄清楚佐拉当时为什么也出去了。”他抓起袜子，一把套在脚上，又把脚蹬进鞋子里，“咱们餐厅见。”

“等等，哈尔，”纳撒尼尔舅舅坐直了身子，“我们……没事了？”

这个问题让哈里森心里一热，原来舅舅还在担心自己的情绪。他点了点头，说道：“我们没事了。”

“谢谢你。”纳撒尼尔舅舅说道。

哈里森走进走廊，随手关上了包厢的门。

“把鞋子穿好了，年轻人！”弗朗辛大声地朝他喊道，“我们可不想你踩到什么锋利的东西。”

“对不起，弗朗辛。”哈里森蹲下来系鞋带。就在这时，他注意到地毯上有一张皱巴巴的糖果包装纸。他把它捡起来，仔细地端详着。这张紫黑色的包装纸上面用小小的艺术字印着“黑醋栗甘草糖”。他把手伸进口袋，掏出了玛丽安昨天给他的那颗糖。

两张包装纸一模一样。

第十三章

胡里奥的早餐

哈里森循着咖啡、培根和枫糖浆苦中带甜的香味跑向了餐车。厄尔冲他咧嘴一笑，指了指角落里的桌子，梅森和哈德利正在那里等着他。

“你们看看这个，”哈里森边说边把自己捡到的糖果包装纸放在了桌上，“我在我房间外面的地板上找到的。”梅森和哈德莉一脸困惑。“这是玛丽安最喜欢吃的糖果，”哈里森说着又把自己的那颗糖放在了包装纸的旁边，“它们是法国产的。”

“然后呢？”哈德莉问。

"这张包装纸怎么会出现在我的包厢外面呢？"

"每节车厢的每个咖啡厅都有装着各种糖果的碗。"梅森说，"我觉得自己应该尽可能多吃点儿这种糖。"

"你吃过这样的糖吗？"哈里森指着那颗糖问道，"黑醋栗甘草的。"

"咦？没有。"

"那么它是从哪里来的？"哈里森坐下来问道，"这些是法国产的糖果，我觉得碗里肯定没有这样的糖。"

"可如果整列火车上只有玛丽安有这样的糖果，"哈德莉说，"这个包装纸怎么会跑到你的包厢外面？"

"没错！"哈里森说道。

"有可能是昨天午饭时玛丽安掉的，当时她正穿过整列火车躲避那名泽科纳的间谍。"

"不会。我们车厢的乘务员弗朗辛每天晚上都会做一次清洁，"哈里森说，"她肯定会把它扫走的。"

"那么……"哈德莉说完耸了耸肩膀。

"那么，"哈里森拿起了包装纸，"这就是一条线索！"

"是吗？"梅森皱起眉头问道，他眼睛盯着包装纸。

“这张包装纸提供的信息非常重要，因为如果玛丽安是火车上唯一拥有这种糖果的人……”哈里森掏出并翻开他的速写本，“而且如果它不是昨天下午掉在那儿的……”他把包装纸夹进速写本，合上了本子，继续说道：“然后，我今早在包厢外的走廊上发现了这张包装纸，也就是说，昨晚发生了一些我们都不知道的事情。”

“但玛丽安昨晚怎么可能还在火车上？”哈德莉问道，“你在新闻发布会现场看到她了。后来去银色童子军车厢时，你舅舅也和她在一起，然后我们一起看到她被人绑架了。”

“我也不知道究竟是怎么回事。”哈里森说道。

厄尔来到了他们的桌子旁边，他问：“你们要点什么吗？”

“我要煎饼。”梅森指着菜单说道。

“听上去不错。”哈德莉点了点头，“我也要煎饼，谢谢，厄尔。”

“我也是。”哈里森甜甜地笑了笑，“厄尔，您今早看到莱恩了吗？就是那个戴着牙齿矫治器和红色眼镜的男孩？我们以为他会来和我们一起吃早饭。”

梅森和哈德莉彼此对视了一下。

厄尔摇了摇头：“昨天午餐之后，我就没有看到过他了。”

“噢，可能他已经下车了。”哈里森说。

“我倒不这么认为。他爸爸还在那儿。”厄尔指了指基恩·杰克逊和瓦妮莎·罗德里格斯以及另外两个人坐着的地方。他们看到基恩正在把鸡蛋往自己的嘴巴里塞。“我马上去给你们拿煎饼。”厄尔边说边把笔别到耳后，匆匆走开了。

“不错的试探！”哈德莉用敬佩的口吻对哈里森说道。

“昨晚我没有找到莱恩，我还以为他们已经在奥马哈下车了。”哈里森盯着正在喝咖啡的基恩说道，“但是他们没有……”他从桌子上朝兄妹俩探过身子，压低声音说道：“我们需要找莱恩单独谈谈，问问他那条信息的事情，看看他是否知道玛丽安会被绑架。”

“我们得把他的事情告诉警察。”哈德莉说道。

“会的，”哈里森说，“在我们确认这不会浪费警察的时间之后，因为也可能到头来什么也不是。”

“我们去找莱恩，然后让他去找警察。”哈德莉点了点头。

“如果我们没有理解错他那条信息的话，”梅森停顿了一下，“那谁是嫌疑人？”他追问了一句。

“佐拉，她当时就在案发现场。我觉得我们还应该尽可能多了解一下西摩·哈特。”哈里森答道。

“泽科纳的间谍。”梅森模仿电影预告片里经常出现的声音说道。

“早上好，厄尔让我过来和你们坐在一起。”一个穿着蓝色羽绒服，顶着一头蓬松红卷发的女人坐到了哈里森旁边的座位上，直接把他挤得贴到了窗户跟前，“希望你们不要介意。我叫阿德伯特，阿德伯特·卡培琪。你们也可以叫我艾迪。”她那涂着粉红色唇膏的嘴唇微微张开，露出温暖的微笑，洁白的牙齿中间嵌有一颗金牙。

梅森呆呆地望着那只盘在她脖子上的大蜥蜴，“你的蜥蜴真酷！”他脱口而出。

“你们不怕蜥蜴吧？”阿德伯特模仿着海盗的口气说，“比起鹦鹉，我更喜欢它。”

“不怕。”哈里森答道，“这是松狮蜥吗？”

“对！”阿德伯特

看上去有些惊讶。

“它叫什么名字？”梅森问道。

“胡里奥。”阿德伯特一边回答，一边用指尖挠了挠蜥蜴的脑袋。

“在美国，蜥蜴可以带上火车？”哈里森问。

“胡里奥要是被关在旅行箱里，它会发脾气的。”她对着胡里奥吧唧了一下嘴，小家伙也冲着她眨了眨眼睛，“没有人喜欢生气的蜥蜴，对吧？我要去萨克拉门托[①]和我姐姐住在一起。我不能把胡里奥留在芝加哥，那里没有人可以照顾它。胡里奥没有宠物护照，所以它不能坐飞机，只能搭火车。”

“您是从芝加哥来的？”梅森问道。

阿德伯特点了点头，说道：“没错。”

厄尔端着他们的煎饼走了过来，一看见胡里奥就叫嚷起来：“听着，卡培琪女士，这件事情我们已经谈过了，你的蜥蜴不可以进入餐车。”

哈里森瞥了一眼哈德莉和梅森，他们正竭力忍住不要因为阿德伯特的姓氏[②]而哈哈大笑。哈里森也非常想笑，他连忙用手

① 萨克拉门托为美国加利福尼亚州首府。——译者注
② 阿德伯特的姓“卡培琪”在英文中还有卷心菜的意思。——译者注

捂着嘴，以防自己笑出声来。

“但孩子们都不介意，对吗，孩子们？”阿德伯特问他们。

他们都摇了摇头。

“如果有人投诉，那这只蜥蜴就必须离开，你们俩都得走。”说完，厄尔便转身去招呼下一桌的客人了。

阿德伯特翻了个白眼。“我还以为经历了昨晚的事情，他们会有更重要的事情要操心呢！”她摇了摇头，把枫糖浆递给了哈里森，“雷扎家的那个女孩，她的遭遇难道不可怕吗？”

“太可怕了，”哈德莉点了点头，“我们认识她。”

“不是吧？噢，亲爱的，你们肯定很难过。”阿德伯特说。

“她其实是哈里森的朋友。”梅森说。

“二等座车厢里的所有人都在讨论这件事情。”阿德伯特抚摸着胡里奥的尾巴，“他们说因为要协助内布拉斯加州的警察办案，奥古斯特·雷扎和他的员工在奥马哈下了车，他留下的那节豪华银色车厢已经上了锁，里面空无一人了，是吗？”

哈里森点了点头，说道：“对。”

“话说回来……你们不会就是昨晚目睹了全过程的那三个孩子吧？”

“对！”梅森的眼睛一亮，“人们也在谈论我们吗？”

“是啊，当然了！他们都在说，你们三个非常勇敢。”阿德伯特往梅森那边倾了倾身子，“你们看清了绑匪的样子吗？”

“没有，绑匪从头到脚全是黑的，甚至把脸都遮住了。”梅森说，“可哈里森认为绑匪是个女人。”

“你是怎么知道的？”阿德伯特问哈里森。

“我也不确定，”哈里森说，“只是那名绑匪个子很矮。”

“世界上有很多男人的个子都不高。”阿德伯特看着梅森，眯起了眼睛，“你爸爸不会就是著名的歌手弗兰克·莫雷蒂吧？你长得真像他。我昨天下午在这儿碰到过他。他很帅。”

梅森红着脸，点了点头。哈德莉看上去有些惊讶。

“绑匪的脚很小，腰很细。”哈里森说道。

“噢，你肯定弄错了，亲爱的。我不认为一个女人会绑架那个可怜的女孩。”阿德伯特从外套口袋里拿出一个火柴盒，看了看哈里森，冲他眨了眨眼睛。她打开火柴盒，抓住里面一只蟋蟀的腿，不顾它的反抗，把它拿了出来。她把蟋蟀递给胡里奥，那只蜥蜴伸出舌头，蟋蟀一下子就不见了。“是的，很明显是个矮个子的男人。”她说道。

看到阿德伯特不相信自己，哈里森感到有些恼火，他正准备争辩，却看见基恩·杰克逊站了起来。

“抱歉，阿德伯特，”哈里森说，“我可以先走吗？我还有事要做。”

“噢，天哪！”隔壁桌的食客突然发出一声尖叫，“那是只蜥蜴吗？”

哈里森从阿德伯特的身边挤了过去，不小心把那个装蟋蟀的盒子打翻在了地上。他急着向基恩追去，却猛然听到一声尖叫，接着是一阵哭声。于是他回头看了看。餐车里已经炸开了锅，蟋蟀蹦蹦跳跳，人们失声尖叫。一些人站在座位上躲避，还有一些人则跪在地上想要捉住它们。胡里奥向着四周伸出舌头，阿德伯特则撅着屁股去捉地上的蟋蟀。哈德莉跪在她的座位上，笑嘻嘻地看着这一切。梅森则一边抓蟋蟀一边吃煎饼。厄尔勒令阿德伯特马上离开餐车，并用他随身带着的抹布帮人们驱赶食物上的蟋蟀。

哈里森扮了个鬼脸。他知道自己应该过去帮忙，但他又不想失去和基恩说话的机会。他转过头，不想迎面却撞上了瓦妮莎·罗德里格斯，她正站在过道里，被车厢这边的动静吓到

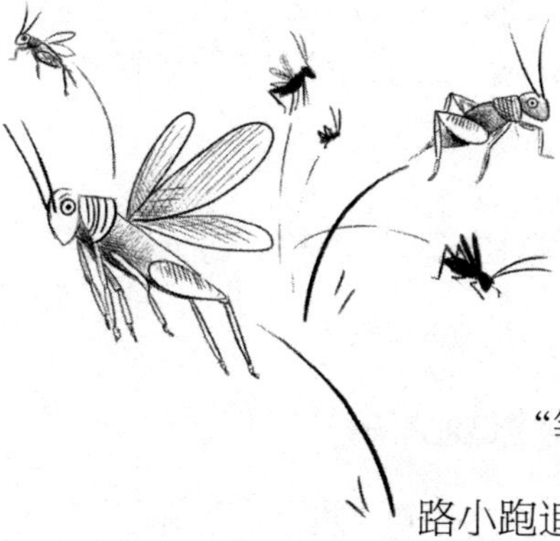

了。哈里森一边向她道歉，一边迅速绕过她。“打扰一下，杰克逊先生！”眼看着基恩就要消失在走廊里，他急忙喊道，“等等！”他绕过一对老夫妇，一路小跑追了上去。他看见基恩走进了卧铺车厢，当他来到门口时，基恩已经走进了他的包厢。

哈里森停下来喘了口气，敲了敲门。门开了，基恩低头看着他。

“你想怎么样？”基恩问他。

“我想问一下，莱恩能不能和我一起去乘客休息室看落基山？”

“莱恩不想和你玩，孩子，”基恩答道，“去跟别人交朋友吧！”

“他没事吧？昨天午饭后我就没见过他了……”

基恩疑惑地看着他，说道：“他生病了。他吃错了东西。”他站到一旁，拉开了房门，好让哈里森能看到包厢里面的情况。莱恩正坐在床上看漫画，腿上还盖着一条毯子。“嘿，莱恩，那个英国小孩来找你了。”基恩说道。

“嗨！”哈里森挥了挥手，“我来问一下，你想不想跟我一起去乘客休息室，或许我们可以一起打牌？”

莱恩摇了摇头，说道：“不，斜斜（谢谢）你。”说完，他又把目光投向了他的漫画书。

“等你觉得好些了，我们再一起玩。”哈里森假装愉快地说，“我们可以一起画画，或者玩猜字游戏？”

“不了，斜斜（谢谢）。”莱恩口齿不清地说道，他的眼睛自始至终没有离开过那本漫画书。

“你看，”基恩站到了哈里森的面前，“他病了。”

哈里森微微一笑，想起了弗朗辛是如何对付那些难相处的乘客的，他对基恩说道：“如果他想要人陪或者需要什么，我就住在10号包厢。祝你们今天过得愉快。”

基恩咕哝了一声，关上了房门。

哈里森静静地站了一会儿，听着包厢里面的动静。他听到基恩说“你得离那个孩子远点儿”，可莱恩含糊不清的回答他却没有听清楚。

第十四章

法式硬币魔术

“你错过了好玩的事情。”当哈里森回到餐车上的座位时，梅森对他说。

哈德莉正在把一些银币和 25 美分的硬币在桌上排成一行，“可怜的阿德伯特和胡里奥被赶回了车厢，”她咯咯直笑，“厄尔不高兴了。”

“你见到莱恩了？”梅森问哈里森。

哈里森点点头，从煎饼旁的枫糖浆中捞出一只死蟋蟀，“他病了。我去的时候，他正在床上看书。我原以为我们已经理解了他的意思，但现在我不太确定了。”

“可是他预言了绑架案。”哈德莉一边反驳他，一边用手摸着那些硬币。

“是吗？”哈里森不置可否，“我邀请莱恩来这里跟我一起画画或者玩猜字游戏——其实是在暗示他关于传递秘密消息的事情，因为基恩也在那儿……”他摇了摇头，皱起了眉头，“但他没有给我答复，只是继续低头看着他的漫画书。”

“太奇怪了。”哈德莉说，她看上去非常困惑。

“他爸爸把门关上时，我听到他说要莱恩离我远一点儿。”

“也许莱恩不敢在他爸爸面前说话，所以他才会跟你比画手势和画画。”梅森说道，“他可能很怕他。”

“我觉得他当时看起来不像是害怕的样子。他看上去……还好。”哈里森说。

“我觉得这让基恩也成了嫌疑犯。”哈德莉说。

哈里森拿出他的速写本，给基恩·杰克逊、西摩·哈特和佐拉·多蒙德画了几幅简单的肖像。

基恩·杰克逊

“现在还在这列火车上的人不可能是抓走玛丽安的那个人。”梅森说。

西摩·哈特

“是的。不过绑匪肯定有同伙。”哈里森同意梅森的说法，他也提出了自己的想法，“这三个人都有可能参与了绑架案。”

梅森点点头，说道：“我们应该再试着跟莱恩聊一聊，等他一个人的时候。”

“想看我让一枚硬币穿过这张桌子吗？”哈德莉用一个问题转移了话题，“人们总说，如果你不再思考某个问题了，那么这个问题就会迎刃而解。”

佐拉·多蒙德

“我就是这么对待我的作业的，”梅森说，“但我的数学老师可不怎么高兴。”

“变个魔术吧，我还挺感兴趣的。”哈里森一边说着，一边推开已经凉了的煎饼。

“看好了。”哈德莉拿起一枚硬币。“我把硬币放在这只手里。”她一边说着，一边将握有硬币的那只手攥成了拳头，“我把另一只手放在桌子下面，然后……变！”她用力地将握着硬币的手拍在桌上。哈里森听到桌子下面传来了一声清脆的响声。哈德莉翻转桌子上面那只手并展开了掌心，里面的硬币不见了。接着，她把桌子下的那只手伸了出来，那只手的手心里有两枚硬币。“看啊！”哈德莉说完，微微一笑，“我的硬币翻倍了！”

“太酷了！”哈里森吃惊极了。

“想让我教你吗？当你在酒店房间或者火车上感到无聊的时候，可以学学硬币魔术，因为人们总会在口袋里放几枚硬币。我就是这样开始学习魔术的。我们当时待在大西洋城一家酒店里，爸爸在那里工作。有一位漂亮的行李员教会了我这个硬币魔术。我反复练习，然后学会了一个又一个魔术。”

“让我试试。”哈里森点了点头，拿起了一枚25美分的硬币。

“把你的左手平放，好让观众能够看清楚掌心。就是这样。把硬币放在你的左手手掌上，右手缩回来。很好。现在，你要把你的左手翻过来……等等……还没有。当你开始翻转左手的手腕时，手肘要向后收，让你的左手位于你的大腿上方。当你转动手腕时，握紧那枚硬币。这样做。好的。现在重新张开手。这一次翻转手腕时，让硬币在你握拳的瞬间掉落到你的大腿上。观众是看不到这些的，尤其是如果你一直盯着自己的拳头的话。”

“阿德伯特对我们撒了谎。”梅森说这句话时，哈里森正在练习让硬币掉落到他腿上的动作。

“什么谎？”哈里森问，硬币从他的手里滑落，哐当一声掉在了桌上。

“她说她是从芝加哥来的，但她不是。她在掩饰自己的口音。我觉得她是波士顿人。”梅森说道。

“这和整件事情有什么关系？”

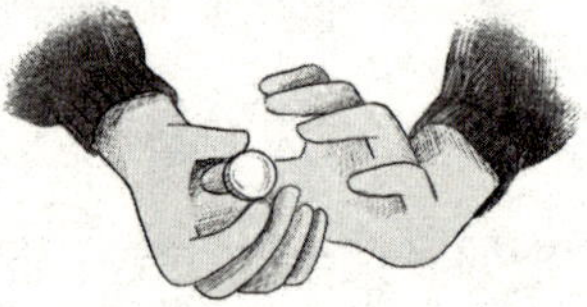

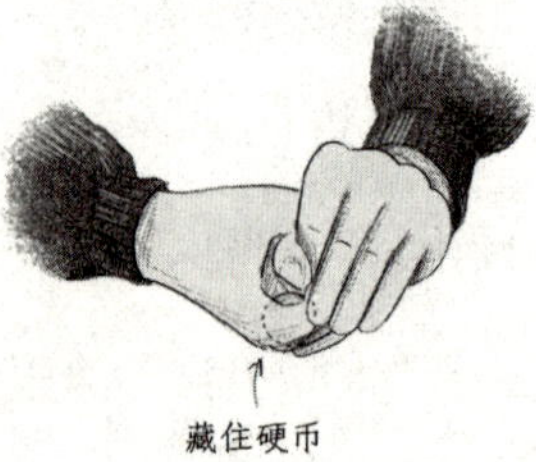

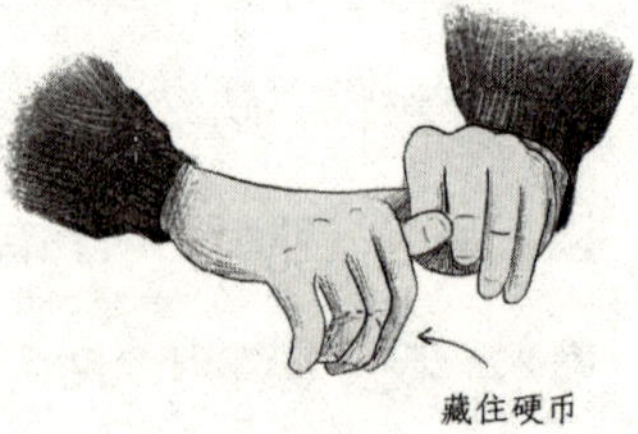

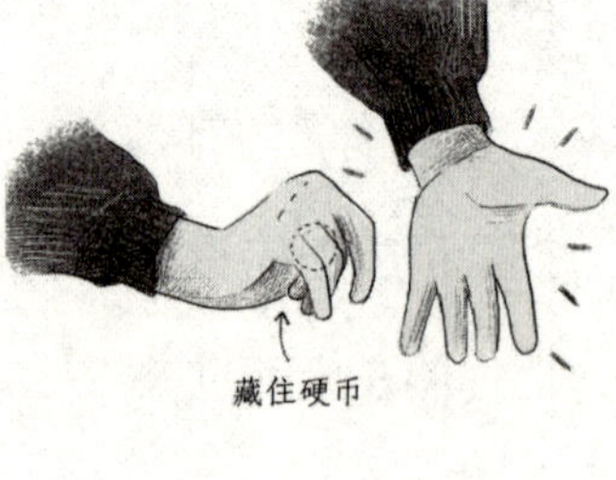

哈德莉冲梅森翻了个白眼，然后又把注意力转向了哈里森，“接下来，你要告诉观众，你将把另一只手放在桌子下面接住硬币。当你这么做时，顺手捡起放在大腿上的硬币。刚刚我在下面放了一个备用的硬币，所以我把两个都捡了起来。来，这样做，你就不会发出声音了。来——把这个放在你的腿上试试。”

当哈里森发现魔术的原理竟然如此简单时，禁不住哈哈大笑起来。接着，他为哈德莉表演了这个魔术。

“完美！”哈德莉朝他点点头，“在魔术中，这种藏小东西的魔术叫作掌心魔术。”她左手拿起一枚 25 美分的硬币，把手攥成拳头，然后又用右手握住左手，小声说了句“保佑保佑保佑”。说完后，她张开了左手，掌心中的那枚硬币不见了。紧接着，她伸手从哈里森耳朵后面把那枚硬币拽了出来。

哈里森又拿起一枚硬币，他试着想让它看起来像是放在自己的左手手心里，但其实他已经把它藏在右手里了。没想到硬币哐当一声，掉在了桌上。梅森看到了哈哈大笑起来。

“你得学学法式硬币魔术，”哈德莉说，“就是这一招。”她将双手转了个方向，让他可以看清楚她如何把一枚硬币扔进自己的手指间，然后假装用另一只手来抓住硬币。“这是魔术的主要动作之一，我每天都在练习。你可以用卷起来的纸团练习，或者葡萄之类的小水果，又或者是硬币。”说完，她又演示了一遍。尽管哈里森知道她把硬币藏在了另外一只手里，但不知怎么的，他仍然感觉硬币还在她紧握的那只手里。“所有的魔术都是误导。表演就是一切。”哈德莉说道。

随着一阵轻微的颠簸，火车在交错的轨道中间停了下来。梅森向窗外望去。“我们在倒退。”他说。

“丹佛[①]是中转站，我们得倒进去。”哈里森说。

哈德莉和梅森一齐看着他。

“怎么了？我在旅行开始之前就已经了解到，在开往落基山脉之前，我们会在丹佛停留至少半个小时进行维护检查。我喜欢火车，好吗？”

“真是个怪人，”梅森咧嘴一笑，“英国怪人。”

丹佛站的站台渐渐映入眼帘，火车停了下来。

“看！”哈德莉边说边敲了敲窗户，“是西摩·哈特，看来他没在奥马哈下车。”

“他还提着那个手提箱，”哈里森说，“他看上去显得很

① 丹佛为美国科罗拉多州首府。——译者注

着急。”

“我们跟过去看看，”梅森说着站了起来，“侦探们不都是这么干的吗？”

他们从餐车中穿过，经过了纳撒尼尔舅舅的身旁。他正在和佐拉一起吃早饭。她紧握着咖啡杯的双手看上去有些颤抖。

“我们出去活动一下！”哈里森从他们身旁跑过时喊了一句。

“我们在这里只停留半个小时！”纳撒尼尔舅舅在他身后喊道。

哈里森跳下火车，抬头望着站台上那令人印象深刻的白色雨棚。棚顶的曲线就像涌起的波浪一样，柔和优美地环绕在站台的上空。他想象着把它画出来的样子，直到梅森低声说了一句：“他在那儿！”

西摩·哈特正步履轻快地走过一座横跨站台的混凝土玻璃人行天桥。

他们三个在潮水般的乘客中穿梭，追着西摩·哈特，跟着他穿过广场，走进了车站。宽敞的门厅里是高高的窗户和闪闪发光的枝形吊灯。

西摩抬头看了一眼车站里挂着的时钟，然后匆匆朝楼梯走去。

“走吧，伙计们！”梅森小声说着，快步跟了上去。

在楼梯的顶端，他们看到了一个造型别致的、用抛光的大理石做成的吧台，从那里可以清楚地看到底下整个门厅里的情况。一束阳光照在西摩的身上，他正坐在一张皮凳上，旁边是

一个穿着浅色外套的高个子男人。哈里森把速写本放在地上，迅速地画出了这一幕。

“他在做什么？”哈德莉小声地问道。

西摩·哈特打开手提箱，把它转向他的同伴。那个人朝箱子里面看了看，脸上露出了喜悦的表情。西摩从箱子里取出一个黑色的盒子，递了过去。那个人把一个信封放在吧台上滑给西摩，然后接过了那个黑色的盒子。西摩打开信封，从里面抽出一沓钞票，数了数。他点点头，把信封装进手提箱，合上箱子并重新上好了锁。两个人握了握手之后，那个高个子的男人把黑色的盒子放进口袋，站起身来，径直朝在楼梯上的哈里森和他的朋友们所在的方向走了过来。

“快跑！”哈德莉小声喊了一句。三个人转身奔下楼梯，出了大门，进了车站前面的停车场。

“这看起来太可疑了！”跑了一会儿，梅森停下来，喘了口气说道。

哈里森点点头，喘着粗气说道：“我们得搞清楚盒子里面装的是什么。”

第十五章

难以置信的牙齿

哈德莉指着一排红黄相间用来售卖报纸的金属箱子。“看，有关于绑架的新闻。”她说。

“他们说不定找到玛丽安了。”梅森满怀希望地说道。

哈德莉从自己口袋里掏出四枚 25 美分硬币，扔进其中一个箱子的投币口，然后拉开盖子，取出了一张报纸。玛丽安的一张照片刊登在这份报纸的头版。“他们还没找到她。”哈德莉刚说了一句，他们就一起围上去读了起来。

哈德莉脸色惨白，说道：“他们拔掉了她的牙齿，就像勒索信

日报

亿万富翁女儿遭遇绑架

十三岁的玛丽安·雷扎——科技企业亿万富翁奥古斯特·雷扎和联合国大使卡米尔·布洛德的女儿，昨晚在奥马哈火车站遭遇绑架。绑匪身穿黑衣，面部模糊，现场只留下一封勒索信，要求雷扎付钱换取女儿安全归来。

今天凌晨，玛丽安·雷扎的一颗牙齿被送到了她父亲在旧金山的家中，这进一步加深了人们对她安全的担忧。DNA 检测显示这颗牙齿确实属于被绑架的女孩。

绑架用的一辆栗色雪佛兰汽车是租来的。车辆最终被遗弃在离奥马哈车站几条街的地方，警察在这个案件中尚未获得任何重要线索。

上写的那样……我没想到他们真的会这么做。”她的声音有些颤抖。

“几条街的地方。”哈里森嘟囔着，抬头看着车站的正面，霓虹灯上显示出“联合火车站——搭乘火车旅行”的字样。“呃！这一切都说不通！”他说，他觉得很不舒服。

“他们肯定安排了另外一辆车在那里等着，”梅森说，“他们换了车。所以警察没能抓住他们。”

“我需要好好地想一想。”哈里森严肃地说着，转身往车站的方向走去。他感觉剧烈跳动的心脏正使劲儿地撞击着肋骨，好像随时要跳出来似的。泪水刺痛了他的眼眶。他握紧双拳，突然又开始生舅舅的气，暗自埋怨舅舅没有如约看好玛丽安。当他爬上通往人行天桥的楼梯时，各种线索在他的脑海里盘旋，嘲笑着他。梅森和哈德莉急急忙忙地跟着他走了。

哈里森拿出他的速写本，靠在天桥中央的栏杆上，在一张空白页上轻轻画出了透视线。“谁会想绑架玛丽安·雷扎呢？”他的铅笔在纸上飞快地舞动，三两下便勾勒出了他面前石砌的火车站。“如果是泽科纳，肯定不会只要1000万美元吧？这对雷扎或他们来说都算不上多少钱。他们是在调查雷扎新发明的秘密吗？也许……”思绪在他的脑海里翻腾，他画出了车站宛如体育场看台那样的弧形屋顶。“但如果那才是他们想要的……如果那才是他们在寻找的……”他忍住眼泪，集中注意力画出了车站时钟上的刻度，“那他们就不需要拔她的牙齿了。”

“你没事吧？”哈德莉轻声地问他。

“我总是想着糖果包装纸的事情，”他答道，“我觉得它肯定代表着什么。”

“等我们回到火车上，我们要检查一下装糖的碗。”梅森说道。

哈里森盯着天桥下方的加州彗星号列车，画出了那长长的车厢。两名身穿蓝色美国国家铁路公司制服的工人正从一辆手推车上卸下一箱箱食物和其他供给物品。三个戴着黄色安全帽的工作人员正举着长拖把，擦去乘客休息室窗户上的肥皂泡。几秒钟后，这些人物的形象便都出现在了他的画面上。

“他们在擦窗户，因为接下来就要经过落基山脉了，”哈德莉轻声地说，“那儿的景色举世无双。”

哈里森把速写的画面拓展到了站台上。阿德伯特·卡培琪坐在一张长凳上，胡里奥盘在她的腿上。瓦妮莎·罗德里格斯站在站台的另一端，怒气冲冲地盯着这只蜥蜴。哈里森又一次在心里犯起了嘀咕：“为什么在奥马哈火车站的时候巴基警长会找瓦妮莎谈话？”

“莱恩的爸爸在那儿。”哈德莉指着沿着站台匆匆走过的基恩·杰克逊说道，他的肩上还背着一个行李袋，“他看上去很着急。”

基恩·杰克逊也被哈里森的笔捕捉到，他的形象跃然纸上。

“你的脑袋是不是和电脑一样？”梅森问，“只不过你脑袋里不是那些像0和1一样的代码，而是像拼图一样把画面拼接了起来？侦探是不是就是这样的？”

“此时此刻，我脑袋里一片空白。”哈里森答道。

“西摩·哈特回到火车上了。”哈德莉指着一个人影说道。

“那个男人要干什么？”梅森说道，“他绝对是嫌疑犯。”

“看！”哈德莉靠在扶手上说道，“从这里可以看到银色童子军车厢的里面。”他们的视线越过天桥，透过奥古斯特·雷扎私人圆顶车厢的玻璃投向了里面。从现在这个距离看过去，大致可以辨别出奥古斯特卧室里家具模糊的形状。“我想知道我的连帽衫还在不在里面。”哈德莉说道。

“肯定在玛丽安的房间里，”哈里森说道，“它在另一头。”

“我知道和玛丽安的遭遇相比，这件事并不重要，但如果那件连帽衫不见了，我肯定会非常难过的。那是爸爸特地为我的生日定做的。我可不想告诉他我把衣服弄丢了。”

“我希望我们能进去好好看一看，”梅森把头靠在手上说道，“里面可能有线索。”

“车厢已经被锁上了，”哈里森说，“需要密码才能进去。”

“我们可以想办法解决这个问题。”哈德莉提议说，“密码说不定很简单，比如三个0之类的。”

“我不觉得奥古斯特·雷扎会用三个0当作大门的密码，”梅森略带嘲笑地说，“他可是个天才。”

“好吧，那也许是斐波那契数列，”哈德莉说，“或者一个比较有名的数字，比如π——3.14159……噢，可这是个无理数……”

哈里森指着弗兰克·莫雷蒂，他正打着哈欠，伸着懒腰走下火车，来到了站台上。“看，那是你们的爸爸。”哈里森说道。

“每次老爸需要用到一串数字的时候，他就会用猫王的生日，”梅森说，“他的手机密码、银行卡密码、所有东西的密码都是这个。”

“他在找我们,”看着爸爸缓步走上站台，哈德莉举起手，挥了挥。“老爸！”她大声地喊道。

弗兰克·莫雷蒂看到了他们，也朝他们挥了挥手。哈德莉和梅森跑下楼去接他。

哈里森合上速写本，正准备跟着他们一起走，就在这时，他瞥见银色童子军车厢里奥古斯特的卧室里似乎有什么动静。他从栏杆上探出身子，仔细观察着车厢顶部，但隔着玻璃他什么也看不清楚。他皱起了眉头，里面现在应该没有人才对。他真希望自己知道那扇门的密码是什么。他闭上眼睛，回想着玛丽安的手指按在键盘上的样子，他记起了她的食指按下的第一个按钮。

是数字 7。

第十六章

糖果的线索

哈里森追上了哈德莉和梅森，他们正忙着跟他们的爸爸解释他们一直都很安全，想让他放心。

“我们该回到火车上了。”梅森说道。

“我们去看看装糖果的碗吧！”在他们登上加州彗星号时，哈里森提议道。

“我想知道西摩·哈特的手提箱里还有什么。”哈德莉说道，“我一直在想，他用来换了一笔钱的那个盒子，里面会不会是玛丽安的一颗牙齿呢？”

“如果他是一个为绑匪工作的坏牙医，那他现在就不会出现在这列火车上，不是吗？他应该和玛丽安在一起。”梅森啧啧地说道。

“我们还是把注意力放在糖果包装纸上吧！”哈里森边说边朝自己的包厢走去。

走到咖啡厅的时候，梅森停了下来，把那只碗里各种各样的糖果全都倒进了口袋。他剥开一根“暴风果”牌棒棒糖，塞进了自己的嘴里。

“我想做个实验，把包装纸扔到我包厢的外面。”哈里森对梅森说道。

梅森把包装纸扔在哈里森包厢外的地板上，跟着哈德莉和哈里森走进了包厢，坐在哈里森那张座椅的扶手上。

“碗里没有黑醋栗甘草糖。”梅森边说边把口袋里的东西全都倒在了座椅上。

加州彗星号的汽笛声在车站里回荡了起来。车门伴随着嘶嘶的声音缓缓关上，火车驶出了丹佛。

“有人给你留了张字条。”哈德莉说着，递给哈里森一张字条，上面写着他的名字。

哈里森打开字条，一眼便认出了纳撒尼尔舅舅工整的笔迹。

哈里森，我在乘客休息室。这段旅程的景色非常壮观，这也是我想带你乘坐加州彗星号的原因。所以，带上你的速写本。我给你留了一个座位。

纳撒尼尔舅舅

哈里森拉长了脸。

“这是什么？”哈德莉问道。

“纳撒尼尔舅舅要我去乘客休息室看看风景。”

“你是应该去看看，”梅森说，“落基山脉非常酷。”

“我知道。我是说，我也想去看，但是盯着风景帮不了玛丽安，不是吗？再过二十四小时，她又要失去一颗牙齿了。”

“而我和梅森到时候就得下车了。”哈德莉补充了一句。

“所以，我们现在分开，”梅森说道，“不代表我们要停止调查。”

“没错，”哈里森振作了起来，“纳撒尼尔舅舅跟佐拉一起吃早餐时，可能发现了什么，比如佐拉在银色童子军车厢外面干了什么。”

“我要想个办法打开西摩·哈特的手提箱。”哈德莉说。

“弗朗辛！”哈里森挥挥手，只见那位女乘务员手里拿着簸箕和刷子正走过门口。簸箕里有梅森的棒棒糖包装纸。

“嘿，你们好！”她站直身子，露出了笑容，“孩子们玩得开心吗？”

他们都点了点头。

“哈里森向我挑战，要我把碗里装的糖果全都吃光。”梅森举起一把糖果说道。

“你可别吃坏了肚子。”弗朗辛眨了眨眼睛。“不会的。”梅森咧嘴一笑，“对了，您这儿有黑醋栗甘草糖吗？就是有紫黑色包装纸和奇怪的法语名字的那种？”

弗朗辛茫然地回头看着他，摇了摇头。

“弗朗辛——”哈德莉甜甜地一笑，“我昨天晚上在这个包厢前的走廊里弄丢了一只耳环。

您有找到吗？”

“没有，亲爱的。”面对接二连三的问题，弗朗辛眨了眨眼睛。

“我们看见您在扫地，”哈德莉继续说道，“不知道昨天晚上有没有人打扫过走廊，也许他们找到了？”

弗朗辛摇了摇头，说道：“这列火车上只有我负责卧铺车厢的卫生。我通常会在白天打扫，从早上六点左右开始——那时天刚亮，扫地的声音也不会打扰乘客们——到吃晚饭的晚上六点左右结束，其他时间我都不会打扫卫生了。”

哈里森一下子跳了起来。“谢谢您，弗朗辛。您真的帮了我们大忙了。”他激动地说道。

“很高兴为你们服务。”她答道。哈里森的感激让她有些困惑，不过，她还是继续清扫走廊去了。

“我想的没错！”哈里森欣喜若狂地说道。

“好棒！不过，你是什么意思？”梅森使劲吮吸着他的棒棒糖。

“也就是说，这张糖果包装纸是在昨天晚上六点到今天早晨六点之间被丢在这条走廊上的。并且，玛丽安是这列火车上唯一有这些糖果的人。”说着，他把那颗糖果举了起来，大声地说道，“她一定也来过这儿。”

“除非真有这么巧的事情，这列火车上刚好还有一位喜欢吃黑醋栗甘草糖的法国乘客。”梅森补充了一句。

“这个可能性太小了。”哈里森说。

“玛丽安是晚上七点半被绑架的。”梅森说道。

“对，”哈里森感到一阵兴奋，“为什么警方没有找到任何有关玛丽安下落的线索？”

“因为绑匪换了车子。”梅森说。

“或者……如果绑匪把车子开到了拐角处，把车子扔掉，然后趁着警察都去追车子的时候再溜回到火车上呢？”哈里森攥着糖果的手紧紧地握成了拳头，他看了看梅森，然后又看了看哈德莉，“玛丽安有可能还在这列火车上。”

一阵惊愕的沉默。

“我并不想打破你的幻想，哈里森。”哈德莉咬着嘴唇说，“可如果绑匪也在火车上，他们是怎么把牙齿送给奥古斯特·雷扎的呢？”

梅森点了点头。“而且，如果他们在这儿给她拔牙，肯定会有……很大的动静，”他脸上的肌肉抽搐了一下，“肯定有人会听到动静。”

“如果她在银色童子军车厢里就不会了。”哈里森说。

哈德莉坐直了身子，说道：“可你说过那儿是空的。”

“火车离开奥马哈的时候，那里确实是空的。可现在是不是空的，我们就不知道了。”哈里森看看哈德莉，又看看梅森，“想想看，这列火车上有哪一个地方是谁都没法儿进去的？”

梅森站了起来，问道：“你真的觉得玛丽安在银色童子军车厢里？”

“有这个可能。绑匪完全可以等警察搜查完列车后，再把玛丽安带上火车，藏进其中的一间包厢里。糖果包装纸应该就是从她的口袋里掉出来的，或者……”他停顿了一下，“或许是她故意丢在这儿的。”

“就像一条口信？”哈德莉问。

“有可能。”当哈里森发现那张糖果包装纸时，他产生的第一个念头是玛丽安故意把它丢在了这里，希望他能看到它，尽管他也知道玛丽安并不清楚他究竟住在哪间包厢里。“如果绑匪半夜带着玛丽安在奥马哈之后的某一站下了火车，然后把她带去了银色童子军车厢呢？”

“他们得知道车厢门的密码才行。”哈德莉说。

“玛丽安知道。”梅森说。

“伙计们，这太疯狂了。”哈德莉看上去吓坏了。

“不是没有这个可能。”哈里森说，“还有一点，当我趴在丹佛车站的人行天桥上时，我好像看见有人在奥古斯特·雷扎的卧室里走动。会不会是他们还在那儿？”

第十七章

岩石铁路

“你来啦！”纳撒尼尔舅舅坐在乘客休息室中部一张双人沙发的正中间，膝上放着一本关于美国铁路的书，“我还担心你被留在丹佛了呢！”

哈里森微笑着说道：“我和梅森还有哈德莉在一起。”

“我很高兴你交到了朋友。”纳撒尼尔舅舅往边上挪了挪，给哈里森腾出了一个位置。

“您看报纸了吗？”哈里森说，“他们给玛丽安的爸爸送了一颗她的牙齿。”

“你看到了？”纳撒尼尔舅舅叹了口气，“我真希望你没看到。”他拍了拍哈里森的胳膊。

他们坐在沙发上，飞驰而去的风景尽收眼底。车厢里挤满了乘客，每一个座位上都有人，还有人站在过道里。大家用相机拍着照片，翻阅着旅行指南。

“我们好好享受一下这趟旅程吧，”纳撒尼尔舅舅挤出了一丝笑容，“这里的风景独一无二。”

“我不明白，为什么雷扎先生不愿意交付赎金，把玛丽安救回来呢？”哈里森几乎是下意识地脱口而出，“换了我肯定会这么做，而且他也负担得起。”

“没那么简单。”纳撒尼尔舅舅压低了声音说，“如果奥古斯特付了钱，绑匪很有可能拒绝把玛丽安送回来，并且索要更多的赎金。也可能会更糟，绑匪有可能带着钱和玛丽安一起消失。警方试图通过赎金谈判，弄清楚绑匪到底是什么人，以及他们把受害者关在哪里。警察会告诉奥古斯特不要支付赎金。”他双手合十，继续说道：“好了，求你了，我们不要再聊这件事了。太让人难过了。”他的声音透出几分无奈。

哈里森转身望向窗外，加州彗星号呼啸着从丹佛的摩天大楼和高速公路中穿过，沿着一条弯弯曲曲的铁轨一路爬升，来到了一座小山的一侧。他指着远处一排生锈的容器问道：“那些是什么？”

“装满大块岩石和小颗粒碎石的煤车——有人也叫它们料斗，”纳撒尼尔舅舅把眼镜往鼻梁上推了推，“当火车驶过这段弯道时，它们可以起到防风的作用，保护火车。要知道，这段弯道是出名的十大弯道之一。山风吹入峡谷时，风速可达到每小时一百多千米。大约 40 年前，有一列货运火车就被直接吹出了铁轨。从那之后，人们就在那儿放上了料斗。”

哈里森拿出速写本，画出了那条蜿蜒曲折的铁轨。那些起到防风作用的煤车就在铁轨上方的不远处，车中碎石的缝隙里萌发出了不少植物的嫩芽。火车现在放慢了速度，小心翼翼地行驶在连续的弯道上，穿过松树和那些露出地面的岩石，不停地往上爬去。

“我跟佐拉聊过玛丽安的事情，”纳撒尼尔舅舅突然说道，“她着实被吓坏了。据她所说，奥古斯特·雷扎在介绍他的新电池时，玛丽安在银色童子军车厢里找到了她。玛丽安说她有一个顶级秘密要告诉佐拉，而且与她父亲发起的竞赛有关。佐拉问她是什么秘密，但玛丽安说周围的人太多了，她不能在那里说。她建议她们到外面去，佐拉也同意了。玛丽安让伍迪去给她拿点儿喝的，然后自己先溜了出去，并告诉佐拉等一会儿再跟着她出去。”

“玛丽安想告诉佐拉什么？”

“佐拉到最后也没有搞清楚。当她走出去时，她听到了玛丽安的尖叫，并看到了你所看到的一切——绑匪抓住玛丽安，把她拖到汽车旁边，扔进了后备厢。”

随着火车不断地往上爬行，车窗外冷杉和松树苍翠的树冠渐渐变得稀疏并缓缓拉开了距离。乘客们视野里的科罗拉多

州的全貌就像一张生动的立体图在他们脚下铺展开来，高速公路和吞云吐雾的工厂纵横交错。休息室里传出了此起彼伏的惊叹声、叽叽喳喳的议论声和咔嚓咔嚓的按动相机快门的声音。

哈里森抬头看着舅舅："您相信佐拉吗？"

纳撒尼尔舅舅犹豫了一下，说道："我想相信她，听起来她说的是实话。"

"如果整件事情颠倒过来的话，似乎更合理一些。如果是佐拉说服了玛丽安出去……"

"我知道……"纳撒尼尔舅舅抿起了嘴唇，"但佐拉不会

参与绑架的。她的整个职业生涯都在揭露犯罪，这需要很大的勇气，而且要做很多工作。不可能到头来她自己却变成了一个罪犯。”

“可是绑匪怎么知道玛丽安会在那个时候从银色童子军车厢里出来呢？她到哪儿都有伍迪跟着。她本来就不应该一个人出现在任何地方。谁也不知道她会出现在那儿。”哈里森说。

“确实，”纳撒尼尔舅舅盯着窗外，“这太令人费解了。”

就在这时，车厢陷入了一片黑暗之中。窗户周围的紧急出口标志亮起了绿灯，乘客们兴奋地相互呼喊着。

“我们已经进入了隧道区，”纳撒尼尔舅舅向哈里森解释道，“一共有 28 条隧道穿过落基山脉，其中有几条特别长。”

等他们钻出隧道后，阳光重新洒满了车厢。哈里森看见和他们隔着两个座位的一个男人正在看报纸。这份报纸和他之前与哈德莉和梅森一起看的那份不同，但头版上也有玛丽安的肖像。这是一张玛丽安的旧照片——那时的她年纪更小。照片中她的身后有气球，还有插着蜡烛的蛋糕。哈里森凝视着这张照片，他的视线渐渐不再聚焦，脑海中浮现的两个念头似乎融合在了一起。他飞快地翻着速写本，找到了他要找的东西后，他跳了起来。

“你没事吧？”纳撒尼尔舅舅问他。

“呃，没事，我只是刚刚记起来，我跟哈德莉和梅森约好了，我要……帮他们准备魔术表演。”哈里森吞吞吐吐地说，“我得走了。”

哈里森刚站起来，车厢里又黑下来了，哈里森只好站在原地耐心地等待。几分钟后，耀眼的阳光再次刺得他睁不开眼睛。适应了光线后，他发现自己与瓦妮莎·罗德里格斯正面对面地站在一起。他惊讶地向后退了一步，跌坐在座位上。

“嗨。”她的语气没有一丝温度。

“你好！”纳撒尼尔舅舅回应说，“罗德里格斯小姐，对吧？你要坐在这儿吗？哈里森准备走了。”

“我想问你几个问题。”她的声音听起来平静又冷淡。

“没问题。”纳撒尼尔舅舅点了点头，“我有什么可以帮到你的？”

“不是你，”她看着哈里森，“是他。”哈里森看了看舅舅。“你今天早上和那个在餐车里把蟋蟀放出来的女人一起吃的早饭？”瓦妮莎问道。

“那件事怪我。”哈里森觉得一阵脸红，他也不知道自己是不是惹上麻烦了。

“是你？”纳撒尼尔舅舅忍着没有笑出声来。

“我不小心把那个装蟋蟀的盒子撞翻了。阿德伯特当时正在给胡里奥喂早餐。”

“胡里奥？”瓦妮莎皱起了眉头。

“她的宠物松狮蜥的名字。”

“对。你说她叫什么名字？”

“阿德伯特，她的全名叫阿德伯特·卡培琪。”

瓦妮莎哼了一声，把目光移向了别处。

“你认识她吗？”纳撒尼尔舅舅问瓦妮莎。火车正驶入另一个隧道，她点了点头。他们每进一条隧道，乘客们发出的呼喊声和叽叽喳喳的议论声便会更大一些。不一会儿，阳光又回来了。

“你和她聊了什么，和阿德伯特·卡培琪？”瓦妮莎问哈里森。

“呃……聊她的蜥蜴，还有她问我们介不介意她在餐桌上喂那只蜥蜴，我们当然不介意了，所以我后来才会把那盒蟋蟀撞翻在地上。”

“我不关心那些跳来跳去的小虫子，孩子。她有没有跟你说别的事情？”

哈里森挺直了身子，说道：“我们谈了绑架的事情，她想知道我们看到了什么。”

“我很抱歉，”纳撒尼尔舅舅打断了他们，“哈里森是有什么让你不满的地方吗？”舅舅问瓦妮莎。

“我接受你的歉意。”瓦妮莎的一句话让舅舅安静了下来。“不过，这孩子没有让我不满。”她目不转睛地盯着哈里森，“阿德伯特到底说了些什么？”

“她问银色童子军车厢是不是被锁起来了，里面是不是空无一人，还说我们目睹了绑架的全过程，简直太可怕了。她问我们看到了什么，我告诉她我觉得绑匪是个女人，她……”

“你觉得绑匪是个女人？”瓦妮莎扬起了眉毛，“为什么？”

“绑匪的身高、脚的大小，还有腰身和臀部。”哈里森答道。他已经厌倦了一遍又一遍向不相信他的人解释自己的观察结果。

“有意思。”瓦妮莎点了点头，“卡培琪女士对此有何回应呢？”

“她觉得我说错了，她认为绑匪肯定是个矮个子的男人。”

“这个阿德伯特·卡培琪到底是谁？”纳撒尼尔舅舅问。

“一个你们应该避开的人。”瓦妮莎答道，她盯着哈里森，“我是认真的，别再跟她说话了。”

“为什么不要跟她说话了？”哈里森问道。

“你觉得阿德伯特·卡培琪像是个真名吗？”瓦妮莎反问道，她的上嘴唇微微翘起，露出了一副似笑非笑的样子，“任何用假名的人都有不光彩的企图。如果我是你，肯定会对阿德伯特和她的蜥蜴敬而远之。”

火车再次进入隧道，车厢里的乘客们都在情不自禁地惊叫着。当火车从隧道的另一头出来时，瓦妮莎·罗德里格斯已经不见了。

第十八章

冬季公园

“我不能让你过去，小伙子。”一位身穿美国国家铁路公司制服的男人对哈里森说，“火车在隧道里的时候，任何乘客都不可以在车厢之间穿行。不然，你可能会在黑暗中摔倒，那会让你受伤的。”

哈里森透过透明玻璃盯着餐车里面，当他看到穿着红色T恤、坐在桌旁的莱恩时，他大喊了一声。火车正在穿行的这条隧道似乎没有尽头。他看到莱恩站起身，跟着基恩走到了餐车的门口。

阳光又从窗户射了进来，哈里森一把拍在金属板上，推开了车厢之间的连接门。

“莱恩！”他一边高声大喊，一边沿着餐车的通道冲了过去。火车又一次冲进了黑暗之中。“噢，别啊！”哈里森站在另一扇门旁，盯着漆黑的窗户，盼着火车快点儿驶出隧道。

“真让人激动。”一位坐在卡座上，挽着她丈夫胳膊的老太太说道。哈里森对老太太报以微笑，并冲她眨了眨眼睛。

车厢里又亮了起来，哈里森匆匆走进卧铺车厢。弗朗辛正拿着一堆亚麻布站在走廊里。“您看到莱恩·杰克逊了吗？”哈里森问她。

“戴牙齿矫治器的那个孩子？”她说，“看到了啊，他下楼了，看上去很着急的样子。”

哈里森三步并作两步地冲下楼梯，跑进了车厢的连接处。松树的枝干划过出口处的窗户，发出了刺耳的声音。出现在他面前的是更衣室、淋浴间和洗手间。“莱恩？”他喊道。

洗手间的门开了一条小缝。

“里（你）要杆（干）什么？”莱恩口齿不清地说道。

“你没事吧？”哈里森问。他能从缝隙中看到莱恩的一只眼睛和他脸上的部分支架。

“没事儿，”莱恩低下头，“都（肚）子腾（疼）。”

“什么？”

“都（肚）子腾（疼）！”莱恩重复了一遍，一只手捂着肚子，不解地望着哈里森。

“我得跟你聊聊玛丽安的事情。”

“谁？”莱恩发出了一声低沉的呻吟。

“被绑架的那个女孩。”

“她肿（怎）么了？”

“你认识她吗？”

“不认识，”莱恩摇摇头，“里（你）为森（什）么狡（觉）得我认识她？”

“你给我的信息……”哈里森语无伦次地说着，“你比画出了她的名字。”他现在大声地把这句话说出来，听上去反而有些可笑：“你在我的速写本上留下了记号。”

“不，我妹（没）有！”莱恩摇着头，不耐烦地嚷道，“我憋不住了。”说完，他把门关上并上了锁。

哈里森摇摇晃晃地退后了几步。火车再次进入了另一个隧道，楼梯被漆上的荧光而显示出诡异的绿色。他全搞错了！根本没有什么信息。他怎么会完全理解错了莱恩的行为呢？当阳光透过窗户照进来时，他眨了眨眼睛。

“哈里森？你在下面吗？”梅森的面孔出现在楼梯的顶部，“我们想到了一个办法。”

“办法？”哈里森跟着梅森上了楼，走进了下一节卧铺车厢。“什么办法？”他问梅森。

“怎么搞清楚西摩的手提箱里装了什么。”梅森咧嘴一笑，领着哈里森下楼来到旁边的车厢连接处，哈德莉正在那里等着。火车再次响起了汽笛声，远处有几只鸟儿从树梢上飞了起来。

“又一个隧道！”梅森激动地喊道。

“这是到达弗雷泽①之前很长的一条隧道。”哈德莉说道，与此同时，车厢里的灯光也暗了下来。

“莫弗特隧道②，”哈里森说，“全长九公里多。现在，我们头顶上的岩石有半英里厚。”

“老兄，”梅森摇了摇头，“你怎么会知道这些事情的？”

“书上写的。”哈里森说着，盘腿坐在了地上，“听着，我有

---

① 弗雷泽为位于科罗拉多州的一处旅游胜地。——译者注

② 莫弗特隧道为从科罗拉多州丹佛至盐湖城铁路干线上的铁路山岭隧道，全长9997米。——译者注

新消息了。”

梅森和哈德莉也跟他一起坐在了地板上，他把纳撒尼尔舅舅和佐拉聊天的内容告诉了他们。

“她肯定在说谎。”哈德莉说。

火车继续在黑暗中前进，他们下方的地板隆隆作响。

“纳撒尼尔舅舅觉得她说的是实话。”哈里森耸了耸肩膀，“他认识她很多年了。不过，还不止这些……”接着，他又把自己与瓦妮莎·罗德里格斯的谈话内容告诉了他们。

“什么？”梅森往后靠了靠，“阿德伯特这人没什么危险。”

“这可不好说，”哈德莉说，“她的名字确实很奇怪，而且你自己也说过，关于从哪里来的这件事情，她撒了谎。”

“你听到了？”梅森很是惊讶。

哈德莉耸了耸肩膀，说道：“我有时候还是会听你说话的，好吧？”

“我们应该把阿德伯特列入嫌疑犯名单。”哈里森说道。

“我们应该把瓦妮莎·罗德里格斯也加到嫌疑犯名单里去。”梅森说，“你们看到警察在奥马哈盘问她了吗？”

“我看到了。”哈里森点点头，“她很奇怪，跟她说话就像被一个大反派审问一样。”光线渐渐亮了起来。“我们要驶入弗雷泽火车站了。”他站起来，看了看窗外。

头顶上的喇叭响了起来：“列车将在弗雷泽停靠15分钟，前往冬季公园滑雪胜地的乘客可以取回自己的行李了。”

哈里森转向梅森和哈德莉：“我现在得马上去做一件事。”

“做什么？”兄妹俩异口同声地问道。

“跟我来。”哈里森说。

站台上很冷。地平线上那些锯齿状的山峰看起来就像鲨鱼的牙齿一样锋利。一阵刺骨的寒风径直灌进了哈里森的喉咙，他真希望自己当初把厚夹克带出来了。梅森似乎不怎么怕冷，哈德莉紧紧地依偎在哥哥的身旁取暖。

“按纳撒尼尔舅舅之前说的，我们现在位于海拔9000英尺[①]的地方，”哈里森哆嗦着加快了脚步，“这个车站位于美国国家铁

① 英尺为英美制长度计量单位，1英尺≈0.3048米。——译者注

路公司行进线路中海拔最高点。”他看着梅森，接着说道：“从这里开始，火车就要一直走下坡路了。”

梅森摇了摇头，说道：“笑话应该留给我来说。”

“我们到外面来干什么？”哈德莉冷得牙齿直打战，“把自己冻……冻成冰棍吗？”

“我记得你说过，人们会选择自己容易记住的数字作为密码。”哈里森说，“那好，我想我知道那扇门的密码了。”他指了指银色童子军车厢。

“哈里森，”哈德莉愣住了，“你不可以这么做！”她回头看了看。

“别紧张。你看，我也不确定我是不是真的知道密码了，”哈里森咬紧牙关，努力不让自己的牙齿打战，“但我必须试一试。”

“要是绑匪也在里面呢？”当他们来到车厢门口时，梅森问，“你准备怎么办？”

“我们先看看是不是这个密码。”哈里森打开键盘盖时，紧张得心怦怦直跳。他的手指冰凉而又有些笨拙，他紧张地咽了口唾沫，在冰凉的金属按键上依次按下了“70707”。这是他在奥古斯特·雷扎的火车模型上看到的数字，他后来在速写本上也画下了这组数字，并且，他猜这是玛丽安的生日。咔嗒一声响。他伸手握住门把手——门开了。

“不会吧？”梅森小声地说道。哈里森抬脚迈进了这节私人车厢。

“你要干什么？”哈德莉轻声地问道。

“你们在这里等我，”哈里森答道，“要是听到我的叫声，就赶紧跑，去找人帮忙。”

“不，哈里森！”梅森朝他走了过去。

“如果玛丽安在里面，那这一切现在就可以结束了。”说完，哈里森转身朝银色童子军车厢的白色走廊走去。

第十九章

寻找秘密

哈里森沿着走廊蹑手蹑脚地走进了银色童子军车厢，急促的呼吸和强烈的心跳声不断冲击着他的大脑——这真是个愚蠢的主意！他推开第一扇门——空空的房间里只有几个白色的皮革座椅。奥古斯特·雷扎说这里是员工房间，他猜这里应该就是伍迪和其他员工睡觉的地方。

他身后传来一个声音。哈里森扭头看见了角落里梅森圆鼓鼓的眼睛在朝这边张望。“你在干什么？”哈里森比画着嘴型。

“不能让你一个人这么干，”梅森小声地说，“哈德莉在门边上。如果看到人了，我们就大叫。她会跑去求救的。”

哈里森点了点头，有梅森在自己身边，他立刻感觉安心了不少。他推开玛丽安房间的门，不禁倒吸了一口气。橱柜的门都敞开着，抽屉里被翻得乱七八糟，衣服和书被扔得到处都是。玛丽安小心翼翼整理好的笔筒现在全倒了，里面的东西七零八落地散在床上和地板上。粉红色的火烈鸟羽绒被也被扔在了地板上。

梅森举起拳头向前一跳，说道：“这里一个人也没有。”

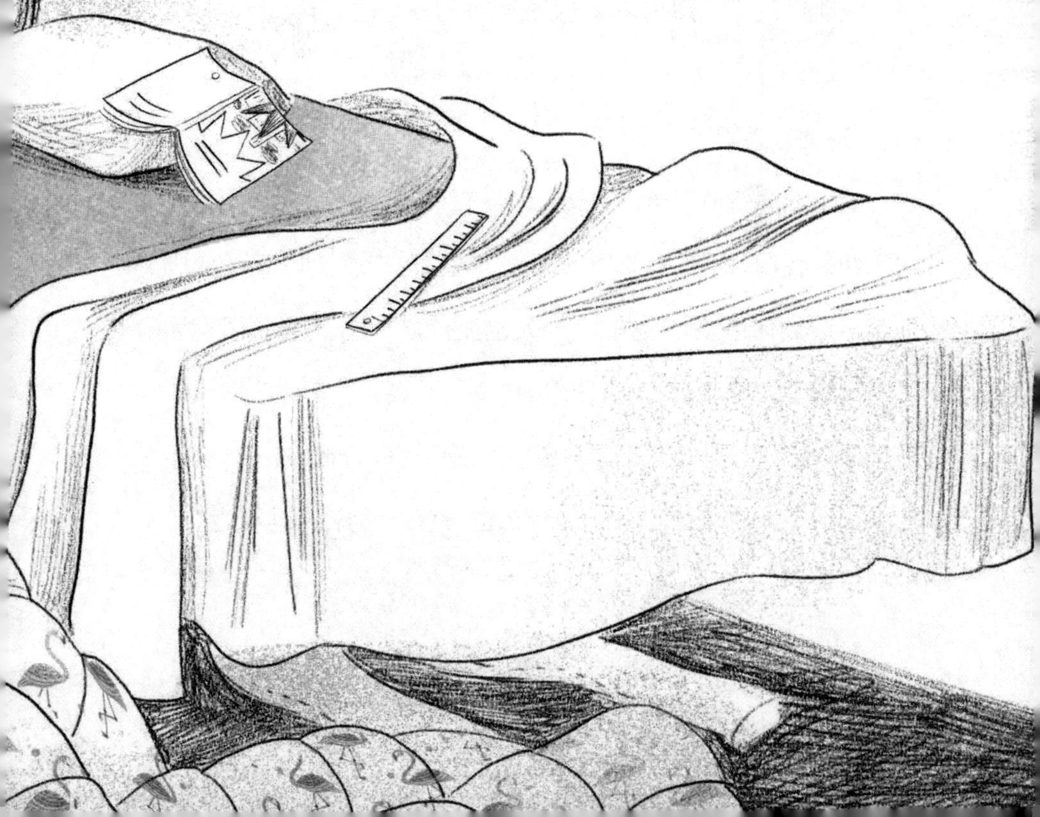

“你看这里乱成了这样，”哈里森说道，“简直像是被打劫了一样！”

梅森扬起眉毛，说道：“你该看看我的卧室。”

“玛丽安要是看到自己的房间变成这样，肯定会被气疯的。”哈里森想起了自己打翻她的笔筒时她的反应，那不过是昨天早上才发生的事情。

“走吧。”梅森朝他招了招手，他们俩踮着脚尖走了出去，沿着走廊继续前行。

经过了空着的厨房，梅森把头探进了奥古斯特的会议室里。

“哇哦……”梅森小声地惊呼道。

“怎么了？”

“这地方太棒了。”

哈里森推着梅森穿过房间，他低声地说：“不要碰里面的任何东西，我们可不想惹麻烦。来吧，往这边走。”他们蹑手蹑脚地走进观景休息室。“这里一个人也没有。”哈里森觉得既宽慰又略带失望，“等一等——上楼去检查一下。”

梅森走上楼梯，来到了雷扎先生的卧室。一分钟后，他又把头探了下来，“没有，没有，什么也没有。”他轻声地喊道。

“你检查洗手间了吗？”

“嗯。”

哈里森原本几乎耸立到耳朵旁的肩膀又垂了下去，他不得不承认自己又错了。没有人会把银色童子军车厢当作藏身之处。“好吧。我去把哈德莉叫来。”他说。他飞快地穿过车厢去找哈德莉，她还在原地焦急地等待着。“没事了，”哈里森说，“里面一个人也没有。”

“那我们走吧。”哈德莉说着，示意他赶紧出来，“乘客们陆续都回到火车上了。梅森在哪儿？”

就在这时，他们听到了一阵汽笛声——火车要开动了。

“我们干脆就这样坐到下一站吧！”哈里森说。

“哈里森！”哈德莉看上去非常震惊。

“我们得寻找线索。玛丽安的卧室被翻了个底朝天，我想把它画出来。”

“她的卧室被翻了个底朝天？”

“妹妹，进来！”梅森在哈里森身后喊道，“你可以找一下你的霍迪尼连帽衫。”

“好主意！”哈德莉说完也跳进了银色童子军车厢。

哈里森关上了车门。火车驶离弗雷泽车站时，他们都感到车厢摇晃了一下。三个人互相看了看，感觉有些莫名的兴奋。

“我们是来帮助玛丽安的。”哈里森说。与其说他在给莫雷蒂兄妹壮胆，不如说他在给自己壮胆，“我们需要寻找线索。”

“还有我的连帽衫。”哈德莉补充了一句。

“来吧，夏洛克·达·芬奇。”梅森说，“我们首先应该做什么呢？”

“我们分头行动。梅森，你去楼上的卧室。哈德莉，你去观景休息室和会议室，看看有没有什么看起来有异样的地方。我要把玛丽安的卧室画下来。”他看着哈德莉，“等我画完，你就可以去找你的连帽衫了。”

“我简直不敢相信，这样一个地方居然没有电视机。”梅森说。

“有的。”哈里森说，“你进到会议室，然后说一声‘屏幕打开’。”他看着梅森走开，然后等着他的反应。

“不会吧？！哈德莉，快来看看这东西的大小！”梅森大声喊道，“这比在大西洋城的那个还大。”

看着哈德莉急急忙忙跑过去的样子，哈里森露出了笑容。

他拿出速写本，一屁股坐在玛丽安卧室门口的地板上。从窗口可以看到远处滑雪小屋的景色，还可以看到山上一片片仿佛披着白雪斗篷的草地。哈里森尽量不去想得太多，只想把眼前卧室里的一片狼藉画下来，他稍微考虑了一下画面里的负空间——那些留白的地方。他不仅认真观察眼前的东西，同时也努力去发现他没有注意到的一些细节。什么该在这里，什么不该在这里？他一边画一边反复问着自己。

画完后，他喊了哈德莉一声："你现在可以来找你的连帽衫了，不过，尽量不要移动这里的任何东西。"

"我找到了这个，"哈德莉举着一个亮黑色的圆筒状物体，"在地板上找到的，就在会议室的桌子下面。"

"这是什么？"哈里森接过来。发现这个物体中间有一条缝，于是便把它拉开了。

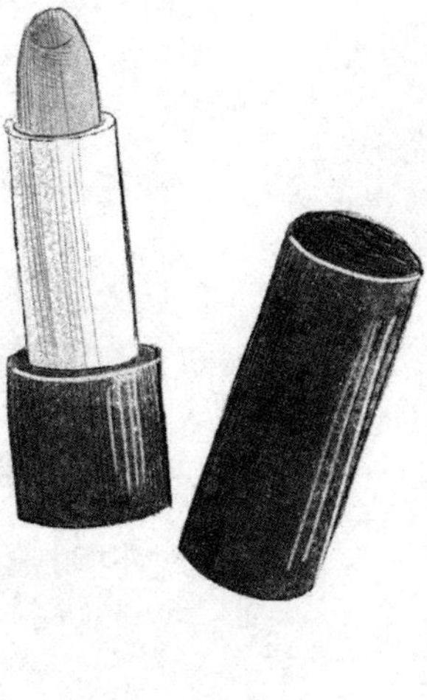

"这是一支口红。"

哈里森转动了一下口红的底部，一节粉红色的膏状物从里面伸了出来。"找得好。玛丽安和奥古斯特·雷扎都不涂口红。这不是银色童子军车厢里的东西。"

“我也是这么想的。”哈德莉两眼放光，“你觉得这会是一条线索吗？”

“嗯，”哈里森盯着口红看了看，“可能是的。”他把它放进了口袋。“我去看看梅森有没有发现什么。”

“哇哦！”扫视了玛丽安的房间后，哈德莉忍不住感叹道，“这里还真是被弄得一团糟。”

“我知道。”哈里森咕哝着走开了。走进观景休息室，他可以从全景窗口看到广阔的中央公园，那里的山谷中点缀着放牧的牛群和零星的积雪。想到把纳撒尼尔舅舅一个人留在乘客休息室里欣赏眼前的风景，他感到有点儿内疚。

“哈里森，”梅森喊道，“来看看这个！”

奥古斯特·雷扎的卧室仍然和先前那样整洁。梅森仰面躺在地板上，头伸进了桌子的下面。

“你在干什么？”哈里森问。

“你来看看。”梅森朝他挥了挥手。哈里森蹲下身子，望向桌子底下。“这里本来应该是放电脑硬盘的地方，”梅森指着一个大大的长方形的银色盒子说，由于盒子的背板被撬掉了，所以他现在指着的其实是一个洞，“我试着打开电脑，但什么也没有发生。我找过了，硬盘不见了。”

“也许是奥古斯特·雷扎随身带走了。”

“也许吧，”梅森扭动着身子从桌子底下退了出来，“不过这么做也太奇怪了。”

哈德莉从楼梯间探出头来。“连帽衫不在玛丽安的房间里。”她走过来，重重地叹了口气，沮丧地坐在了沙发上，“我觉得我可能永远也找不到它了。”她哭丧着脸，随后又皱起了眉头，说道：“你们知道最吓人的是什么吗？她的衣柜里全是衣服，但最上面的抽屉全是空的，看上去好像有人专门过来拿走了她的内衣。”

“太奇怪了。”哈里森从梅森的腿上跨过，站到了奥古斯特的床上，透过拱形的车厢顶部往外看了看，加州彗星号的八节车厢在前方的铁轨上蜿蜒前进。“我注意到玛丽安的房间里少了东西，”他说，“昨天玛丽安给我看过她的画，可她给我看的画板和那些画现在都不见了。”

“也许她爸爸把画都拿走了，”哈德莉说，“你想啊，好歹有个情感寄托。”

“可他为什么要把画板也拿走呢？”

“谁会想要偷走玛丽安的内衣和她的画呢？”梅森说，“它们又不值钱。但奥古斯特·雷扎的电脑硬盘——我敢打赌它肯定价值连城。”

“如果玛丽安没有被绑架，”哈里森仿佛自言自语，“那么他们现在都应该还在银色童子军车厢里，对吧？”

哈德莉点了点头，说道：“这里空无一人，都是因为奥古斯特·雷扎在奥马哈下了车。”

“如果这才是绑架她的目的呢，声东击西？你们也说过，泽科纳不会在意那1000万美元，但他们或许很在意奥古斯特·雷扎新太阳能电池的设计。”

“你觉得他们想要的是这台电脑？”哈德莉问道。

“我懂了！”梅森跪在地上，挺直了身子，看着哈里森，“假装我是绑匪，我知道你认为绑匪是个女人，但我们就先假设他是个男人。我抓住玛丽安，把她塞进后备厢，开车拐过街角，把她转移到停在那里的另外一辆车上。然后，我脱掉黑色的衣服，换上正常的衣服，把绑匪的行头扔进逃跑用的车里，最后……溜之大吉。我走回火车旁边，爬进车厢。当天夜里的晚些时候，我闯进银色童子军车厢偷走硬盘。等火车到了丹佛，我和泽科纳的线人碰面，把装在盒子里的硬盘交给他们，而他们则交给我一个装满现金的信封。”他看看哈德莉，又看看哈里森，一字一句地说：“如果是这样，我们都知道那个人是谁了，对吧？”

第二十章

调包

天空中密布的乌云使哈里森想起了蒸汽机冒出的浓烟。格兰比[1]火车站是一座古色古香的白色木结构建筑，窄小的站台上覆盖着一层绿色的顶棚。趁着没人注意，他们从银色童子军车厢跳到了火车尽头铁轨旁的泥地上，然后一路冲到第一节卧铺车厢的门口，快速溜了进去。

“如果有人问起，就说我们在一个空包厢里练习魔术。”哈德莉说道，其他两个人都点头表示同意。

“如果我们想抓住西摩·哈特，就得趁他去吃午饭之前，马

① 科罗拉多州的一座城镇。——译者注

上行动。”梅森说。

“西摩一直牢牢地拿着他的手提箱，一旦有人碰它，他就会大发雷霆。”哈德莉说，“里面肯定有秘密或是能给他定罪的证据。”

“你们有没有办法能让我看看里面有什么？”哈里森问道。

梅森和哈德莉相视一笑。“来一次经典的调包。”哈德莉说。

“首先，我们得找到他。”梅森补充道，“我先到火车另一头去，然后一路慢慢走回来。”

“你们需要我做什么？”哈里森问。

“找到弗朗辛，”哈德莉答道，“让她告诉你西摩住在哪个包厢。”

哈里森点了点头。“那你呢？”他问哈德莉。

“我有点儿别的事情要做。”哈德莉神秘地说道。

他们三个人开始分头行动。哈里森在旁边的卧铺车厢里找到了弗朗辛，她正在一个空出来的小包厢里拆被褥。

“嗨，弗朗辛，我想请您帮我一个忙。您认识那位叫哈特的先生吗？他又矮又瘦，头发灰白，穿着一身西装，还总是提着一个手提箱。”

她点点头，说道：“西摩·哈特先生。”

“您见过他吗？”

“今天没见过。他是个挺安静的人。我敢打赌，在火车抵达他的目的地萨克拉门托之前，我肯定不会听到他的任何动静。”

“他就住在我们隔壁，是吗？”哈里森问，“9号包厢？”

“不是，亲爱的。”弗朗辛咯咯地笑道，“他不在这一层。你为什么想知道哈特先生在哪儿？”

“他掉了个东西，我想还给他。”

“要我帮你交给他吗？”弗朗辛说，“车上有规定，我不能随便泄露乘客的包厢号码。”

“不用，没事。我午餐的时候去找他。”哈里森说着，后退了几步，“谢了，弗朗辛。您最好了。”

弗朗辛微笑着看着他。

哈里森跑到莫雷蒂一家所在的包厢，哈德莉正拿着手提箱在那里等他。她把头发扎起来了，戴着一副厚框眼镜，身上穿的估计是她爸爸的套头衫。看到哈里森来了，她还故意做出一副有些滑稽的模样。

哈里森呆呆地看着箱子，问道：“就是这个？”

“不是，我又不是真的会魔法。这是我从楼底下的行李架那儿借来的，”哈德莉答道，“完事之后我们再把它放回去。”

“没看到西摩。”梅森一边说，一边沿着走廊走了过来，“弗朗辛告诉你他在哪个包厢了吗？”

“她不能说，但她确切地提到了他的包厢在下层，而且他在萨克拉门托下车。我们可以看看包厢外面贴的标签，在那些显示从芝加哥预定到萨克拉门托的包厢里找。我住的那节车厢的楼下没有包厢，只有卧室、淋浴间和卫生间。他一定在这节车厢里。”

三个人蹑手蹑脚地走下楼梯，经过哈德莉借到箱子的行李架，朝包厢的走廊走去。梅森踮着脚尖查看每个包厢外面的标签，“有两间是到萨克拉门托的，”他小声说道，“但那间外面有女士的鞋子。”

“他是一个人，”哈里森压低了声音说，“我在芝加哥火车站曾见过他。”

“那肯定就是走廊尽头右边的那一间了。”梅森说道。

“包厢门上的帘子拉上了，”哈德莉点了点头，“但你们看，那里照出一个人影。我觉得是他。”

“现在怎么办？”哈里森看着他们俩。

“你躲到公共浴室去，”哈德莉答道，“看我们表演吧！”

哈里森照做了。梅森点了点头，径直走到西摩·哈特的房门口，敲了敲窗玻璃，并完美地模仿出了弗朗辛唱歌一般悦耳的说话声。

“下午好，哈特先生！”他大声地说道，“美国国家铁路公司在此提醒您，由于我们现在处于西部时间，午餐服务将在十分钟后结束。如果您不想饿肚子的话，最好尽快去吃午餐！”说完，他悄无声息地转身冲进公共浴室，来到哈里森的旁边。“我听到他在发牢骚，说找不到鞋了。他要出来了！”梅森压低了声音轻轻地说道。

哈里森和梅森都看着哈德莉，她把借来的手提箱放到了行李架上，脸上还摆出了一副傻乎乎的表情。

包厢的门滑开了，西摩·哈特一边往身上套西装，一边急急忙忙地往外走。出了门口，他又把手伸进房间，抓起手提箱，匆匆地朝哈德莉的方向走来，边走还边把眼镜从上衣口袋里拽了出来。

“来了！”哈德莉说着，使劲地拽下行李架上那只借来的手提箱，摇摇晃晃地后退了几步。西摩·哈特本想从她边上绕过去，结果她大喊一声，撞到了他的身上，然后一下子栽进楼梯间，摔在了地板上。那只借来的箱子掉在了她的身边。

梅森朝哈里森眨了眨眼睛。

“噢，我……我的天哪！”西摩·哈特连忙放下手里的箱子，把哈德莉扶了起来，“你没事吧？我来帮你……”

“啊！”她尖叫着，挥舞着双臂跳了起来，把那只借来的箱子扶正。“陌生人危险！陌生人危险！”她大叫一声，推开了他的手，“陌生人危险！”

西摩眨了眨眼睛，惊恐地盯着她，说道：“不！我不是……我只是想帮……我不是……”

哈里森看见哈德莉用脚把借来的箱子踢到了西摩箱子所在的地方，又把西摩的箱子踢开。“放开我！别碰我！”哈德莉继续高声尖叫，头发疯狂地甩来甩去，“走开！”

西摩没再说什么，他抓起旁边那个借来的箱子，冲上楼梯，朝餐车的方向走去。

哈德莉一把抓过西摩的箱子，跑进公共浴室，关上门并上了锁。她举起手提箱，眼里闪着胜利的光芒。

“快，打开它，”梅森说道，“趁他还没发现被调包了。”

哈德莉把手提箱平放在浴室的地板上。玻璃做的地板上有不少水珠，透过排水孔，哈里森看到了下方呼啸而过的道路。

“啊？箱子上了锁！”哈德莉说，“我们没想到……”

“我们现在该怎么办？”梅森沮丧地说道。

“看来只能找个大人来帮忙了。”哈里森说道。

哈里森回到自己的包厢，站在门口，手里拿着西摩·哈特的手提箱。“我真想知道你上哪儿去了。”纳撒尼尔舅舅抬头看着哈里森，“你手里拿着的又是什么？”

“我们需要您的帮助。”哈里森边说边示意哈德莉和梅森进来。包厢里有点儿挤，但梅森还是关上了门，哈德莉坐到了座椅的扶手上。“这是西摩·哈特的手提箱。”哈里森说着举起了手提箱。

纳撒尼尔舅舅皱起了眉头："西摩·哈特是谁？"

"加州彗星号上的一名乘客，我们觉得他跟玛丽安的绑架案有关。"哈里森答道。

"他是泽科纳的间谍。"梅森激动地脱口而出。

"你们是怎么拿到他的手提箱的？"纳撒尼尔舅舅眯起了眼睛。

"我，呃，在走廊里跟他撞到了一起，"哈德莉说道，"结果他不小心错拿了我的箱子。"

"不小心？"纳撒尼尔舅舅看着三个孩子，他们全都低着头，"我想我们应该讨论一下怎么把它还回去吧？"

"我们希望您能趁他吃午饭的时候，帮我们打开它。"哈里森说道，他真希望自己已经把调查的情况告诉过舅舅了，"我们……我们需要查明他是否参与了绑架案。"

"我懂了。"纳撒尼尔舅舅接过哈里森手中的手提箱，把它翻了过来，仔细地研究了一下箱子上的锁。接着，他把手提箱放在桌上，一边思考着一边用手指敲着它。"嗯，你们想的没错，我确实知道怎样把这个手提箱打开。"他说道。

"是吗？"梅森急切地往前靠了靠。

“嗯。所有人都出来吧，”纳撒尼尔舅舅领着他们进到走廊，“跟我来。”他拎着手提箱，带着他们大步走过车厢。

当他们走向餐车时，哈里森感到了一阵恐惧。

“是他吗？”纳撒尼尔舅舅来到桌子的旁边，不等他们回答，就直接坐到了西摩·哈特的对面。

“你想干什么？”西摩·哈特疑惑地看着三个孩子。

“我外甥告诉我，你和他的朋友撞到了一起……”纳撒尼尔舅舅指了指哈德莉。

“那是个意外……”西摩看上去非常慌乱。

“你好像不小心错拿了她的箱子。”

“我没有！我……”

纳撒尼尔舅舅把西摩的手提箱放在了桌上，“而我们拿了你的。”

“什么？”西摩皱起眉头，拿起座位旁边的箱子，认真地看了看，“什么！难以置信。我……这是怎么回事？”

“弄混了。”纳撒尼尔舅舅平静地说着，把箱子换了回来，“这种事经常发生，现在好了。”

西摩·哈特双手紧紧地抱住箱子。

“你没事吧？”纳撒尼尔舅舅关切地看着他。

“我这辈子都指着这个箱子了。我要是把它弄丢了……”西摩·哈特的身子抖了一下。

“你要是不介意的话，我想问一下，”纳撒尼尔舅舅对他友善地笑了笑，“里面装了什么东西那么重要？”

“手表。”西摩·哈特答道。

“手表！”纳撒尼尔舅舅的眼睛亮了起来。

“我要去萨克拉门托参加一个大型展会。”他拍了拍手提箱，“我是卖手表的。我把所有的积蓄都拿来买最新型号的手表了。如果那一周卖得不错，那我这一年就好过了，家里人也能高高兴兴的。”他摇了摇头，说道：“我真的需要一个好年景。”

“我很喜欢钟表。”纳撒尼尔舅舅卷起衬衫的袖子，给西摩看了看他左臂上的三块手表，“你能把你的手表给一位感兴趣的顾客看看吗？”

“当然了！”西摩·哈特把他的咖啡拿到一旁，整个人立刻兴奋了起来，“看手表的时间总是有的。”他从夹克口袋里掏出一把小钥匙，打开了箱子。

梅森、哈德莉和哈里森探过身来，仔细盯着手提箱。箱子里的物品着实令人印象深刻——整整三排看上去非常昂贵的手表，被整整齐齐地放在箱子里。每只手表都被固定在天鹅绒垫子上，它们看上去各不相同，但都很精致，手表的齿轮和指针精确地测量着时间的流逝。

留给玛丽安的时间不多了。

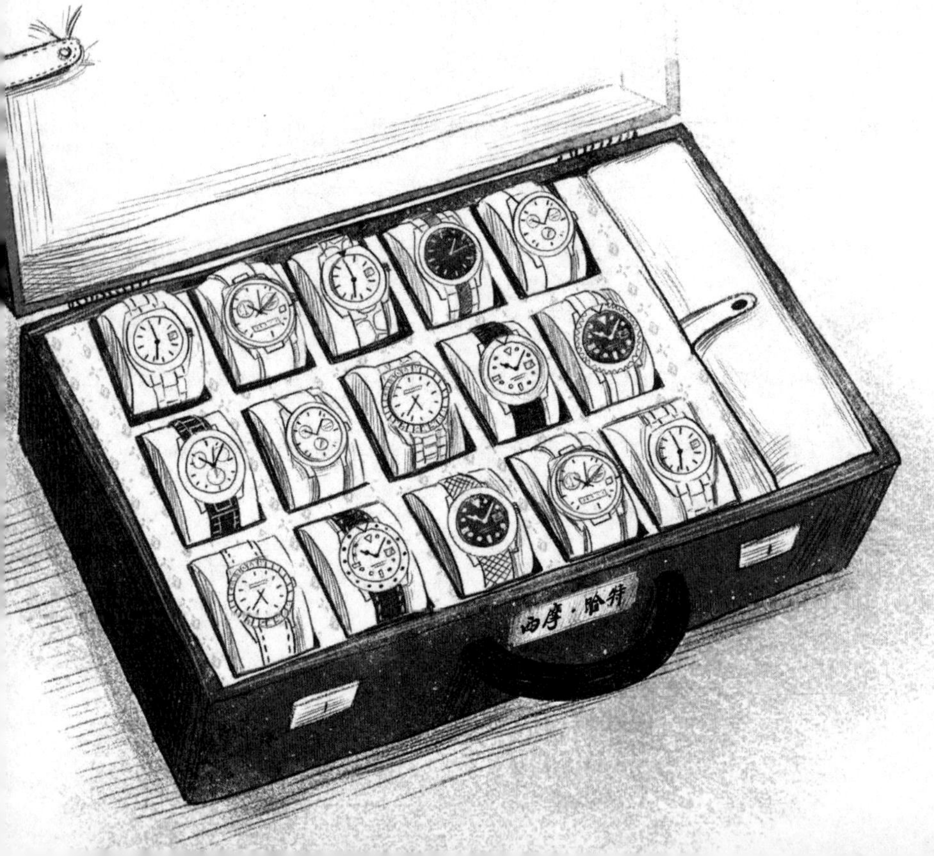

第二十一章

窗前冒险

厄尔把一盘意大利面送到了哈里森面前，并给哈德莉和梅森端来了大份的牛排和薯条，问道："你们需要额外加酱料吗？"他们都摇了摇头。

加州彗星号正穿过一个很深的峡谷。颜色像红砖一般的岩石高高地耸立在他们的头顶，遮挡了光线。一条小河在火车的一侧奔流，火车的另一侧则是一条蜿蜒的高速公路。

"我真不敢相信西摩·哈特竟然是个卖手表的，"梅森难过地说道，"这下进死胡同了。"

哈里森点了点头，把叉子插进了面条里，一股挫败感涌上他的心头。玛丽安不在银色童子军车厢里，莱恩也没有给他传递过任何秘密信息，西摩·哈特更是跟整件事情都没有关系。他把一切都搞错了。他们不知道是谁绑架了玛丽安，也不知道他们为什么要绑架她。随着时间一分一秒地过去，他唯一能确定的就是玛丽安又要失去一颗牙齿了。他盯着餐桌上的面条，一点儿胃口也没有。

“是玛丽安把矛头指向了西摩·哈特，”哈德莉说，“是她说那个人是泽科纳的间谍。”

“玛丽安误会了西摩，”哈里森说道，“但确实有某个人在跟踪她。”

“当时，我还以为她是为了吸引人注意才编造了个故事。”哈德莉坦白道。他们都一脸苦涩地盯着自己的食物。

“你认为玛丽安还在火车上吗？”哈德莉问哈里森。

“我觉得不可能了。”哈里森叹了口气，“梅森说得对，肯定有人看到或听到些什么，况且她现在也不在银色童子军车厢里。”他耸了耸肩，说道：“我什么也不能确定了。”

他们正在经过一个堆满原木、黄色木板和几堆湿木屑的木材场，窗外的雨点滑过窗户。哈里森飞快地翻阅着速写本里的画，希望有什么线索会跳出来。当他翻到写有“救命”的那一页时，他厌恶地盯着这两个字，然后合上了本子。

“莱恩在耍你，”梅森说，“他肯定在开玩笑。”

“是啊，好吧，可是这一点儿也不好玩。”

“尤其是现在玛丽安真的不见了。”哈德莉点点头，表示同意。

“我想去找莱恩，让他解释一下他到底知不知道自己在做什么！”哈里森咆哮着说道。

“哈特先生收藏了不少漂亮的手表。”纳撒尼尔舅舅边说边在桌子旁坐下，“我很想买一块。”他看着他们三个，问道：“你们怎么愁容满面的？”

“我们全都搞错了。”哈里森说道。

“犯错也没什么。”纳撒尼尔舅舅说道，“不过，即使是为了做好事，你们也不应该拿走别人的手提箱，还试图把它撬开。”

“可如果不这么做，就不知道他与玛丽安的绑架案到底有没有关系了。”梅森反驳道。

“还是有别的办法的。”纳撒尼尔舅舅拿起了菜单。

“什么办法？”哈德莉问。

“实话实说。你们可以直接去问哈特先生关于玛丽安的事情。”

哈里森眨了眨眼睛，说道：“可是我们不能……”

“你们可以的。我很有礼貌地问他能不能让我看看他的手提箱里装的是什么，他不也欣然同意了嘛。”纳撒尼尔舅舅拦住了从旁边经过的厄尔，“能给我来一份蔬菜沙拉……和咖啡吗？非常感谢。”他又回过头看着几个孩子说道：“我问得比较聪明，当然了，也可能因为我是一个成年人。不过我相信，如果你们正当地提出要求，他也会把箱子打开给你们看的，因为他没有什么好隐藏的。”

“也许吧。”梅森耸了耸肩膀。

“你们知道什么样的人算是一个好人吗？”纳撒尼尔舅舅一边发问，一边给自己倒了一杯水，“他们能在遵守一切规则的前提下打败坏人。要做到这一点非常困难。”他向后一靠。“我知道你们想帮助玛丽安，但不要为了帮她而做出违法的事情。”他喝了一口水，“好了，说说看，你们为什么怀疑哈特先生呢？”

“我们看见他在丹佛车站把一个盒子交给了一个男人，然后收了一个装着钱的信封。”哈里森承认道，“我们认为这很可疑，不过现在我们知道了，他其实是在卖手表。我们不该拿他的箱子。对不起，纳撒尼尔舅舅。”

“没事。”纳撒尼尔舅舅捡起那只借来的手提箱，“不过，要是能把这个箱子物归原主，那就更好了。”

“这是我从行李架那里拿的。”哈德莉说，“午饭后我就把它放回去。”

火车在滴着雨的树林里停了下来。“我们为什么停下来了？”梅森望着窗外问道。

“穿过落基山脉的铁轨是一条单行线，”纳撒尼尔舅舅答道，“肯定是对面有一列火车正朝我们开过来了。我们现在把火车停在了一个环形的轨道上。”他看了看左手腕上的手表，微笑着说道：“我怀疑朝我们驶来的火车是向东行驶的加州彗星号。”

随着一阵刺耳的汽笛声，另一列银色的加州彗星号从他们的窗前驶过。这一列火车的车厢排列顺序与他们的有所不同——卧铺车厢和行李车厢在火车的前端，二等座车厢则在火车的后部。哈里森有点儿好奇，他们的火车车厢排列之所以不一样，会不会是因为后面拖着奥古斯特·雷扎的银色童子军车厢。

“两列火车在同一条轨道上相向而行不是很危险吗？”哈里森问道。

“单向轨道通常只用于火车通行量很少的线路上。只要环形轨道足够长，能容下整列火车，这样就很安全了。”

“我们怎么还没走？”梅森问。

“可能还有一列火车。”纳撒尼尔舅舅边说边大口吃起了他的沙拉。

果然，没过几分钟，一列拖着沉重货物的货运火车从他们旁边驶过。厄尔来到餐桌旁，收走了他们的盘子。就在这时，他们听到了火车上的广播声。

“女士们、先生们，我们在山区行驶得非常顺利，现在即

将抵达格伦伍德·斯普林斯[1]。由于比计划提前到达，我们将在那里停留二十分钟。请好好享受这个机会，活动一下你们的身体。”

“我们出去吧，”梅森激动地说道，“下火车走走。”

哈里森看了看纳撒尼尔舅舅，舅舅点了点头说道：“把外套带上，下雨了。”

随着刹车长长的一声叹息，火车停靠在了车站。车门打开后，河流用欢快的水声欢迎着他们的到来。哈里森跳上站台，来到哈德莉和梅森的旁边，淅淅沥沥的小雨正打在他的兜帽上。铁轨向前连接到一座混凝土桥梁上，旁边宽宽的台阶通向一座停车场和一排公用电话。

“看！”哈里森说着，猛地回过头去。他们看到基恩·杰克逊走上台阶，往公用电话那儿走去。

“我真想知道他会给谁打电话，”哈德莉说，“我还以为这年头大家都用手机了。”

“我有主意了！”哈里森拿出他的速写本，“站好了，别动。”他把本子抵在梅森的背上，快速地写了起来，然后翻过一

① 格伦伍德·斯普林斯为科罗拉多州的一座城市。——译者注

页，又写了几笔，“哈德莉，帮我找一块石头。”

“干什么用？”

“扔窗户。石头别太大了，我可不想打破玻璃。”

“25 美分的硬币可以吗？”哈德莉把手伸进口袋，掏出了一枚硬币。

“完美。梅森，看着基恩。”哈里森拉着哈德莉来到车厢的一个窗户底下。“就是这里。扔吧！别太用力了。”哈里森让哈德莉往窗户上扔硬币时提醒道。硬币砸在窗玻璃上，弹了回来，哈德莉一把接住了它。

莱恩出现了。他拉开窗帘，低头盯着他们。他显然一直在看书，手里还拿着一本《丁丁历险记》。哈里森朝他挥了挥手，莱恩也挥了挥手。

哈里森把速写本举过头顶，打开了之前写好字的那页：

你记得昨天和我吃过午饭吗？

莱恩点了点头。

哈里森翻过一页，依然高高地举着他的速写本：

你在我的本子上写了字。

莱恩皱起了眉头。哈里森又翻了一页：

那是个玩笑吗？

莱恩盯着速写本，又茫然地看着哈里森，点了点头。哈里森再次翻到新的一页：

你知道玛丽安·雷扎会被绑架吗？

莱恩猛地摇了摇头。

哈里森翻着速写本，一直翻到了他在奥马哈博物馆里才想明白的秘密信息。他把它高高地举过头顶，满脸责备地看着

莱恩。

莱恩往后一缩，看上去被那一页上的字吓了一跳。就在这时，一个人影出现在了莱恩的身后，莱恩连忙转过身去。车窗外的三个人被那个人影吓得倒吸了一口冷气，来人正是基恩，他狠狠地瞪了他们一眼。

“梅森，”哈里森小声说道，“你应该看好他的。”

基恩·杰克逊伸手拉上了窗帘。

第二十二章

霍迪尼连帽衫

“你说我们是不是给莱恩惹麻烦了？”他们三人离开时，哈德莉问。

“我希望不会。”哈里森答道，不过他怀疑基恩·杰克逊可能并不是一位慈爱的父亲。

“你们说，莱恩会不会是被迫留在包厢里的？”梅森问道，“像个囚犯一样。”

谁也没有回答。莱恩看到那些他自己写下的秘密信息时露出的震惊表情，使哈里森十分困惑，莱恩好像根本不知道他自己写过了什么。火车汽笛发出了一声长鸣，乘客们纷纷登上了火车。

“走，我们走……”哈德莉突然停了下来。

“怎么了？”梅森看着妹妹。

“嘿！”哈德莉沿着站台大声喊着，“嘿！等等！”她跑了起来。

“我们为什么要跑？”哈里森一边问梅森，一边和梅森一起追了上去。

“我不知道，”梅森答道，“哈德莉！”他们追上了哈德莉，梅森一把抓住妹妹，问道：“怎么回事？”

“你们没看到吗？”

“看到什么？”

“那个男孩穿着我的紫色连帽衫。”

三个人面面相觑。就在这时，火车的汽笛声再次响起。

“你确定吗？”梅森问。

哈德莉点点头：“他进了二等座车厢。”

哈里森打了个激灵：“我们得找到他。”说着他跳上了火车。

“我的连帽衫怎么会在那个孩子身上？”当他们冲过餐车从

厄尔身边经过时，哈德莉大声地说。

“我们现在就去弄清楚。”梅森说。他们冲过连接门，从乘客休息室的一端跑到了另一端。

车厢里的空气中弥漫着一股奶酪香葱薯片的味道。过道两边的座位全都是双人座。一个婴儿正在哭闹，听上去就像小猫在叫一样，但大多数乘客都戴着耳机，似乎谁也没有注意到婴儿的哭闹。哈里森迅速拿出速写本，给坐在座位上的乘客们画了一幅速写画。

梅森用手指抵住嘴唇，然后指了指过道的右侧，阿德伯特·卡培琪正在微微向后倾斜的座椅上打着呼噜。她脸上戴着眼罩，身上依然裹着那件宽大的蓝色羽绒服。蜥蜴胡里奥趴在她的胸前，瞪大了眼睛望着他们。她旁边的座位空着，一个画满漫画人物的小背包放在上面。哈里森一边为阿德伯特画像，一边在心里暗暗思考她到底会不会真的是个危险人物。

他们扫视完车厢的上层，没有看到穿紫色连帽衫的人，于是又匆匆到了下层。梅森拉住哈德莉，向前面指了指。那个穿着哈德莉心爱的连帽衫的小男孩此刻正坐在车厢中间靠近过道的座位上，两手手指不停地敲击着游戏机上的按键。

哈德莉沿着过道大步走了过去。“嘿，”她勉强地冲男孩笑了一下，算是打过了招呼，“这是我的衣服，还给我。”

男孩深深地陷在座椅里。他看上去也就九岁或十岁的样子，连帽衫在他身上显得大了不少。他抬起头，用他那棕色的眼睛疑惑地瞪了哈德莉一眼，然后拉过兜帽，一把遮住他那浓密的黑色卷发，重新玩起了游戏。

哈德莉弯下腰。“嘿，你穿的是我的衣服。”她加重了语气说道。

“不，不是的。”男孩两眼死死地盯着游戏机，头也不抬。

“是的，你……”

“谁找到算谁的，失主自认倒霉吧！”

“你好，”哈里森把哈德莉往后拉了拉，“我叫哈里森。你叫什么？”

“德雷克。”男孩嘟

嚷着。

“嗨，德雷克。”当男孩抬起头时，哈里森冲着他友善地笑了笑，“那是你妈妈吗？”他朝男孩身旁一位靠着窗户睡着了的女士点了点头，她浓密的头发上还夹着一副降噪耳机。

德雷克点点头，说道：“妈妈累了。”

“我们给你在咖啡厅买点儿吃的和喝的，她应该不会介意吧？”哈里森问。

德雷克抬头看着哈里森，突然来了兴致，问道：“可以给我一块糖吗？”

“你想吃什么都可以。”哈德莉说。

哈里森领着德雷克来到咖啡厅，梅森和哈德莉则紧跟在他们身后。

“你的口音真奇怪。”德雷克对哈里森说。

“我是从英格兰来的。”哈里森微笑着回答，“你想要来点儿什么？”

给德雷克买了些零食后，他们坐了下来。

“紫色，”梅森朝正大口大口地吃着好时巧克力棒的德雷克点了点头，“这件连帽衫的颜色选得真有意思。”

德雷克皱了皱眉头，说道："我喜欢紫色。"

"你知道霍迪尼是谁吗？"哈德莉问德雷克。

"当然了，他是有史以来最伟大的桃拖术[1]大师。"德雷克微笑着答道。

"逃脱术大师。"梅森纠正他的口音。

"我给你讲个故事吧。"哈德莉对德雷克说。德雷克耸了耸肩膀，又喝了一大口果汁。

"我在这列火车上，就是在这张桌子旁遇到了一个女孩。她说自己被一个男人跟踪了，急需乔装打扮躲开他。我当时正穿着我最喜欢的连帽衫，那是爸爸送给我的生日礼物。他给我买了一件紫色的——那是我最喜欢的颜色，衣服的正面还印有一句霍迪尼的名言，因为霍迪尼是我的英雄。"她目光锐利地望着德雷克，"这件衣服在全世界再也找不到第二件了。"

"为什么霍迪尼是你的英雄？"

"我是个魔术师，而霍迪尼是最棒的。"

"你是个魔术师？"

哈德莉装模作样地看了看四周，就像专业的魔术师开始表

① 德雷克发不准这个音，实则是"逃脱术"。——译者注

演时常做的那样。她把手伸到德雷克的耳朵后面，拿出了一枚硬币。德雷克冷冷地看了她一眼，显然并没有被打动。于是，她把硬币放到一只手上，然后砰的一声把这只手拍在桌子上。他们听到了叮当一声。哈德莉把桌子上空着的手给德雷克看了一眼，又从桌子底下抽出了自己的另一只手——掌心里全是 25 美分的硬币。

德雷克张大了嘴巴。

哈德莉举起握着硬币的手摇了摇。“再来一块好时巧克力棒吗？”她问德雷克，德雷克点了点头。哈德莉笑了笑说道：“好吧，但首先我想听听你是怎么找到这件衣服的，因为拿走我衣服的那个女孩答应会还给我的。但她没法还了，因为她被绑架了。”

德雷克眨了眨眼睛。“那个叫雷扎的女孩？”他扯了扯身上的衣服，“她穿过这件？”

哈德莉、梅森和哈里森都点了点头，德雷克则咽了下口水。“我在洗手间的垃圾桶里找到的。”德雷克说。

“你是什么时候找到它的？”哈里森调动起自己的一切感官。

“我们在麦库克[1]上的火车。上车后我去了一趟洗手间。我在洗手间里看到了这件连帽衫。这件衣服看起来还挺干净的，我当时刚好觉得很冷，所以就把它捡起来，穿在了身上。”他低头看了看衣服，“给。”他把胳膊从袖子里抽出来，从头上脱下了连帽衫。“还给你。”他对哈德莉说道。

“噢，谢谢你。”哈德莉说着，紧紧地抱住了那件连帽衫。

“你在麦库克上的车？”哈里森闭上眼睛，脑海里浮现出一张列车时刻表，“那么，你是在凌晨四点钟左右发现这件衣服的？”

“嗯。当时真的特别早。”

“你看到有什么人在麦库克下车吗？比如一个大人带着一个小女孩？或者几个大人带着一个小女孩？”

德雷克摇了摇头。“我没有看到任何人。好了，我得赶紧回我妈妈那儿去了，不然她醒来发现我不在，肯定会被吓坏的。”他站起身，“谢谢你们买的糖果。这件事可真是……奇怪。”

“再见，德雷克，”哈德莉在他背后喊了一声，“谢了。”

“现在我们又要面对一个新的谜团了，”哈里森看着哈德莉，

① 麦库克为美国中西部内布拉斯加州的一座城市。——译者注

“想想看，你的连帽衫怎么会在大半夜被扔进二等座车厢的洗手间的？”

“我不在乎，”哈德莉把头埋在衣服里，“喔，一股男生的味道。”

“你把连帽衫给了玛丽安。她把这件衣服穿回了银色童子军车厢，然后在那儿换上了她被绑架时穿着的黄裙子。”哈里森摇了摇头，“那么，这件连帽衫是怎么从银色童子军车厢跑到二等座车厢的洗手间里的呢？”

“也许它逃脱了呢，就像霍迪尼的表演？”梅森打趣道。

“你们没明白吗？这是不可能的事情，”哈里森打开速写本，拿出里面夹着的糖果包装纸，“就像这些糖果一样。”他感到一阵兴奋，说道：“这列火车上确实发生了什么，我们得去把它查清楚。”

第二十三章

重大进展

“我们得把这件事告诉一个大人。”当三个人沿着火车往回走时，哈德莉说道。

“谁会相信我们呢？”哈里森说。

“你舅舅怎么样？”梅森提议道。

“你们也看到了，我们拿走西摩·哈特手提箱的事情让他有多么生气。如果他知道我闯进了银色童子军车厢，他肯定再也不会带我坐火车旅行了。我们不能告诉他。”哈里森说道。

“他也没有那么生气。”哈德莉说。

“可是，我没有告诉他玛丽安扯了我的头发，也没有告诉他玛丽安曾经甩开过伍迪，我甚至都没有告诉他莱恩那些愚蠢的图画。”他举起双手，“我不能现在一下子全说出来。这听起来太幼稚了。他会想……他会认为我一直对他有所隐瞒。”哈里森也不知道为什么自己一直没有把这些事情告诉舅舅，他真希望自己已经告诉过他了，也许是一直没有遇上合适的时机。

“好吧，不告诉你舅舅。”哈德莉说。

“如果是我爸爸，他一定会先开个玩笑，然后让我们告诉警察。”梅森说。

“我们为什么不去找警察呢？”哈德莉问道。

“警察不会听的，”哈里森皱起了眉头，“他们会拍拍我们的头，把我们打发走，让我们像乖孩子一样到旁边去玩。”他双手插进裤子口袋，正好碰到了哈德莉在银色童子军车厢里找到的那支口红。他突然有了一个主意：“我们去告诉佐拉。她知道我以前破过一个案子，她会听我们的。”

“但她是我们的嫌疑人之一，”梅森指出了事实，“我们能相信她吗？”

哈里森微微思考了一下，说道：“如果纳撒尼尔舅舅相信她，那我也相信她。不过，我们还是要看好她。如果她跟绑架案有关，说不定她会暴露自己。”

“你是侦探，你说了算。”哈德莉说。

哈里森领着两位小伙伴来到佐拉的包厢门口，敲响了门。看到三个孩子同时出现在自己的门口，佐拉似乎吃了一惊。

“您好，”哈里森微笑着说，“这两位是我的朋友梅森和哈德莉。可以让我们进去吗？我们想和您谈谈。”

“没事吧？”佐拉将他们让进了房间。

三个人在佐拉房间的沙发上坐下后，哈里森看了看梅森和哈德莉，然后说道：“我们一直在调查那起绑架案。”

“是吗？”佐拉似乎一下子来了兴致，“有什么发现吗？”

“我们还不确定，”哈里森掏出口袋里的口红，“这是您的吗？”

佐拉接过去，打开盖子，把口红旋了出来。“这是粉红色的，”她说，“我只用红色的。”她噘了噘嘴唇。

“好极了。”哈里森想着，感到如释重负——没有证据表明绑架案发生后佐拉进过银色童子军车厢。“我想问问您，玛丽安被绑架前对您说了什么。”他说。

“你是在审讯我吗？”佐拉的语气突然变得强硬了起来。

“不，我……”

“是纳撒尼尔派你来问我话的？难道他不相信我吗？”

“他确实相信您，”哈里森急忙回答，“而且他也不知道我们在这儿。”

“我很高兴有人愿意相信我。”佐拉说着坐在了扶手椅上，“罗德里格斯就像一股难闻的气味似的一直跟着我。”

“瓦妮莎·罗德里格斯？”

“她是一位警察，”佐拉说道，“我还以为你早就看出来了。”

“我明白了。”哈里森点了点头，他突然明白了为什么瓦妮莎会关心自己和阿德伯特·卡培琪的对话了。

“那你们为什么来这儿？”佐拉问道。

哈里森直直地看着她的眼睛，说道：“我们认为玛丽安，或者至少有一名劫匪，在这列火车上。”

“什么？”佐拉从椅子上稍稍站起了身，然后又坐了下去，“你们有证据吗？你们为什么这么觉得？”哈里森看得出来，她的脑袋正在飞速旋转。“纳撒尼尔怎么说？”

哈里森低头看着地板说：“我没有告诉他。”

“为什么？”

“我破解了进入银色童子军车厢门的密码……”

“小天才！”佐拉的声音里透着激动。

“我们溜了进去，想要寻找线索……”哈里森停顿了一下，等待着挨骂。

“嗯？然后呢？”

“好吧，我们这么做不太合适，对吧？”哈里森抬起头，“纳撒尼尔舅舅会生气的。”

佐拉的脸上绽开了灿烂的笑容，她粗声粗气地哈哈大笑了起来。“噢，哈里森，你舅舅不是圣人——他是一名记者！当然了，他还是一名旅行作家，大部分时间都在写关于火车的文章，但如果你以为他总是那么古板，爱板着脸教训人，那你就错了。”她向前倾了倾身子，“好了，告诉我你们发现了什么。”

“玛丽安的卧室被翻了个底朝天。”哈里森答道。

“被盗了？还是只是很乱？”

哈里森看了看哈德莉。

“被盗了。”哈德莉说，“不过很奇怪，我检查了房间里的抽屉，里面有很多衣服，但唯独没有内衣，放内衣的抽屉都是空的。”

“她的画板和画也都不见了。”哈里森说。

佐拉皱起了眉头说：“净偷些奇怪的东西。”

“奥古斯特·雷扎的电脑硬盘也被拿走了。”梅森补充说道。

“什么？！”佐拉瞪圆了眼睛，“那里面有奥古斯特新型太阳能电池的设计图。”

“我们认为绑架很可能是为了转移人们的注意力，清空银色童子军车厢，好让某人趁机接近雷扎先生的电脑。”哈里森说，“梅森还说，对于像奥古斯特·雷扎这样的富翁来说，绑匪要的那笔赎金太少了。”梅森在一旁自豪地睁大了眼睛。

“你们怎么知道赎金是多少？”佐拉说，“这个信息并没有公开。”

“我把勒索信抄了下来。”哈里森老老实实地承认。

“因为他是夏洛克·达·芬奇。”梅森得意地说道。

佐拉扬起了眉毛问：“你们觉得谁会想要偷走硬盘？”

“泽科纳。”哈里森说道。

“不会是泽科纳。”佐拉皱着眉头，“你说你们认为玛丽安还在火车上？”

“我们发现了某样东西，这个东西只可能是玛丽安扔的，而且只可能是她被绑架之后扔的。所以我认为她或许被关在了银色童子军车厢里，后来我们才溜了进去，但她没有……”

火车放慢了速度。他们正在驶入大章克申[1]火车站，亮黄色的服务列车从窗外驶过。

“还有一件事。”哈里森继续说道，“昨天下午，玛丽安借走了哈德莉的紫色连帽衫……”哈德莉举起了那件衣服。“她当时穿着它回到了银色童子军车厢。后来，玛丽安换上了一条黄色的连衣裙，并在几个小时后穿着那件连衣裙被人绑走了。但大约在今天凌晨四点的时候，有人在二等座车厢的洗手间里发现了这件连帽衫。”

“呃……”哈德莉盯着窗外说道，“这里有好多警察，非常多。”

佐拉盯着那件连帽衫，完全没有在意哈德莉的话：“你的推论是什么，哈里森？”

“我们还没想出合理的解释，”哈里森坦白道，“所以我们才

① 大章克申为科罗拉多州的一座城市。——译者注

来找您。纳撒尼尔舅舅说您很擅长做您的工作……”

“是吗？”佐拉露出了微笑，“我很高兴知道他会这么说。”

“我们觉得您或许能够帮助我们。没有证据，我们不能去找警察，他们不会把我们当回事的。”哈里森说。

“算我一个。”佐拉朝哈里森点了点头，“报道这条新闻说不定能让我获得普利策奖[①]。我们应该从头梳理一下。”

“哇，真的好多警察啊！”火车完全停稳了，梅森和妹妹一起站在窗边感叹着，“嘿，你们看——他们上了车，进了我们这节车厢！”

咚咚咚的脚步声越来越近，包厢的门被一把拉开，一群面无表情的警察出现在了门口。

“有什么可以效劳的吗，警官们？”佐拉平静地问道。

“佐拉·多蒙德，你因涉嫌教唆和协助绑架玛丽安·雷扎被捕了。”一位警察面无表情地说道，“你有权保持沉默。你所说的一切都将成为呈堂证供。你有权咨询律师……”

“好了……”佐拉抬手打断了他的话，她的眼里燃烧着怒火，“我知道自己的权利。”

① 普利策奖是颁发给新闻类和文学类等优秀作品的年度奖。——译者注

“你们找到玛丽安了吗？”哈里森问警察。

“还没有，孩子。”那名警察一边说，一边对佐拉皱起了眉头，“这些孩子是什么人？”

“朋友。”佐拉答道。

“你们三个应该离开了，”那位警察摆了下头，示意他们赶紧照着他说的做，“回你们父母的身边去。”

哈德莉和梅森快步跑出包厢，但哈里森并没有跟着他们出去。“佐拉跟绑架案无关。”他壮起胆子说道，但是他的眼睛还是不由自主地瞥了一眼警察的佩枪。

“当然了，孩子，随你怎么说。”警官抓住佐拉的胳膊，用手铐铐住了她的一只手腕。他回过头对他的同事吼道：“把她的行李带走，全都带走！”

“我已经把我知道的一切都告诉你们了。”佐拉挣扎着说道。就在这时，另外两位警察走进包厢，开始把佐拉的东西塞进一个黑色的塑料袋。“小心点儿！”佐拉扭动着身体喊道，“那东西可贵了！你们要是弄坏了任何东西，我会控告你们的。”

哈里森注意到，佐拉一边大喊大叫，一边熟练地解开了被铐住的左手手腕上的表带。她俯下身子：“哈里森，你该走了……”说着，她把手表偷偷地塞进了他的口袋。

“可是……”

“没事的，更糟的情况我都经历过。去找纳撒尼尔，把一切都告诉他。”

“走吧，女士。”警察用手铐将她的右手也铐了起来，推着她向门口走去。

“我提醒你们一下，”佐拉咆哮道，“没有我的律师在场，我一个字都不会说的！”

“等我们到了机场后，你可以给他打电话，”警察说，“你可以让他去奥马哈找我们。”

第二十四章

约克夏黄金红茶

“纳撒尼尔舅舅，佐拉被捕了！”哈里森大喊着冲进了包厢。

“什么？！”纳撒尼尔舅舅一下子跳了起来，“她在哪儿？”

话音刚落，火车突然摇晃了一下，驶出了大章克申火车站。他们连忙扶住了座椅，好平衡自己的身体。

哈里森指着窗外站台上的一群警察，看着他们向远处走去，“他们说她在协助绑架者，她被铐上手铐带走了。我试图阻止过他们。”

“你和她在一起？她没事吧？”

“她说更糟的情况她都经历过。”

“好吧，我想这倒是真的。”纳撒尼尔舅舅微微想了一下说。

“她还威胁警察，说如果他们把她的东西弄坏了，就要去控告他们。”

纳撒尼尔舅舅叹了一口气，重新坐了下来，问道：“你为什么会和佐拉在一起？”

哈里森深吸了一口气，十指紧张地交叉在一起，回答道：“我当时正在调查玛丽安被绑架的事情。”

“这样啊。”纳撒尼尔舅舅摘下眼镜，一边用衣角擦了擦镜片，一边对哈里森露出了微笑，“你和莫雷蒂家的两个孩子一直在火车上跑来跑去，就像几只追逐木棍的小狗一样。不过，这样一来，你似乎没有那么想家了。”

“您知道我想家了？”哈里森小声说道。

“其实我并不知道，是我以为你想家了，这是人的天性。毕竟你第一次离家这么远，”他又重新戴上了眼镜，“美国可完全是另外一片天地了。”

“您在这儿却悠然自得。”

“我现在是这样，”纳撒尼尔舅舅向前倾了倾身子，“不过，你真该看看我第一次到美国时的样子。”他摇了摇头，说道：“我恨死这个地方了，我当时想家想得都哭了。”

“您哭了？”哈里森感到非常惊讶，“我并不讨厌美国——我觉得这里很棒——只是和家里不一样。我想念我的东西、我的房间、家人，还有贝莉。”

“这很好。”

“想家很好？”

“对，因为等下了飞机看到父母，你会飞奔过去，紧紧地抱住他们。你平时放学回家不会有这样的感觉吧？”看到哈里森摇了摇头，纳撒尼尔舅舅微微一笑，“只有离开家人和家乡，到远方旅行之后，你才会有这种感觉。”

哈里森一下子想通了：“您是对的。”

“想家并不是坏事，”纳撒尼尔舅舅接着说，“如果你想四处旅行，迟早得习惯这种感觉。”

回想自己当初和舅舅一起旅行时是那么高兴，哈里森的脸上露出了笑容。

“好了，你就坐在那儿。”纳撒尼尔舅舅站起身来，在他的包里翻找了一下，“我正好有一件东西可以帮助我们思考。”他拿出了一个袋子。

“茶包？”

“这可不是普通的茶包，这是约克夏黄金红茶。”纳撒尼尔舅舅摇晃着袋子，“我每次离开英国都会带着它。我去沏些奶茶，你可以把你调查的情况告诉我。”

纳撒尼尔舅舅去沏茶时，哈里森注意到地板上有一把小钥匙——从舅舅的衣服口袋里掉出来的手提箱挂锁的钥匙。他把它捡起来，放进了自己的口袋。接着，他把速写本放在桌子上，准备把一切都告诉纳撒尼尔舅舅。他凝视着窗外翻腾的科罗拉多河，等着舅舅回来。一座陡峭的山崖矗立在河岸的远端，窗外的风景看起来是那么不同寻常。

纳撒尼尔舅舅回到包厢，把两杯热气腾腾的奶茶放在了桌子上。哈里森对着杯子吹了口气，喝了一口。热奶茶让人感觉非常舒服。“和家乡的味道不一样。”他说。

“不一样的奥秘就是各地的牛奶味道都不一样。”纳撒尼尔舅舅说，“法国牛奶和意大利牛奶就不一样。什么东西也比不上家里泡的茶的味道，但这已经让我很满足了。”

他们默默地喝着茶，哈里森意识到纳撒尼尔舅舅正在等着他先开口。

“我不知道要从哪儿说起。我有很多事情都没有告诉您。我很生气，因为您没有看好玛丽安。”哈里森老老实实地承认，“我想在没有您的参与下独立解决那些问题。”

“我能理解。”纳撒尼尔舅舅静静地说道，“不如你从头说起，从芝加哥联合火车站开始吧。”

哈里森打开速写本，向舅舅讲述了他第一次见到玛丽安的情形。他描述了当自己打翻她的笔筒时，她有多么怒不可遏，她又是如何乔装打扮溜出来向他道歉。他还提到了午餐时莱恩的奇怪行为，玛丽安是如何把矛头指向西摩·哈特，说他是泽科纳公司的间谍，以及哈德莉为什么把霍迪尼连帽衫借给了玛丽安。哈里森一边翻阅着速写本，一边滔滔不绝地讲着。在承认自己破解了银色童子军车厢门的密码的时候，他稍稍犹豫了一下，他把自己画的玛丽安凌乱的卧室拿给舅舅看。接着又解释了哈德莉的连帽衫如何出现在二等座车厢里一个叫德雷克的男孩身上。

“我觉得玛丽安还在这列火车上。”哈里森说，“我知道这说不通，不过如果不是这样的话，糖纸和连帽衫就都解释不通了。”

纳撒尼尔舅舅看上去非常震惊。“我不知道该说什么了！”他摇了摇头，“你说雷扎先生的硬盘不见了？你觉得是谁拿的？”

“我们以为肯定是泽科纳公司的间谍，但佐拉说……”说到这里，哈里森突然想起了她的手表，于是从口袋里把它拿了出来，“这是佐拉的手表——她在被警察带走之前塞给了我。”

“这有什么用意吗？”纳撒尼尔舅舅从哈里森手中接过手表，仔细地检查了一下，“这是一块泽科纳的智能手表。”

“她把手表给了我，并让我把一切都告诉您。”

纳撒尼尔舅舅从眼镜上方看了看哈里森，说道：“这么说是在我之前，你让佐拉先了解了情况？”

哈里森感到双颊一阵发烫，解释道：“我……我……对不起。我们调换西摩手提箱的事情让您非常生气，我不敢告诉您我溜进了银色童子军车厢，我怕您再也不带我出来旅行了。”

“我并没有生气。”纳撒尼尔舅舅向后一靠，“我想让你明白，做事情还有别的办法——不会让自己惹上麻烦的办法。我要对你负责，哈尔，如果在我照顾你的这段时间里，你遇到了麻烦，我还得向贝弗利汇报，你妈妈有时候挺吓人的。”

“我懂。”哈里森咧嘴一笑。

“好了，让我们来看看佐拉为什么要把手表交给你。”纳撒尼尔舅舅按下了手表旁边的一个按钮，然后轻轻地拍了拍发光的屏幕。“这是收到的消息。”他扫视了一遍，摇了摇头，“嗯，也许她的邮件……”

一连几分钟谁也没有说话。纳撒尼尔舅舅浏览着屏幕，突然抬头看着哈里森，说道：“有了！你想知道佐拉为什么说绑匪不是泽科纳的人吗？”

哈里森点了点头。

“因为她才是。我怀疑这才是她被捕的原因。这几封邮件说明了她搜集信息可以获得的报酬，他们似乎担心雷扎先生会把太阳能电池用在自动驾驶汽车上。”

“佐拉在给泽科纳干活儿！”哈里森吃了一惊，“她是间谍？”

“肯定有人向警察通风报信，说佐拉是泽科纳的人。”

“他们认为是佐拉把玛丽安引到了外面，交到了绑匪手里！”哈里森说道。

“但她没有这么做，”纳撒尼尔舅舅坚定地说道，“是玛丽安把佐拉叫了出去。”他举起手表，说道：“她在泽科纳的联络人今天早上给她发了一条信息，表示对这起案件感到十分震惊，并指示佐拉尽其所能协助破案。泽科纳没有参与绑架。”

“那是谁偷了硬盘？”哈里森皱起了眉头，“绑架者的真实动机又是什么呢？”

“我不知道。”纳撒尼尔舅舅叹了口气。

“我们的时间不多了，”哈里森站了起来，“如果玛丽安还在这列火车上的某个地方，我们必须在她被敲掉另一颗牙齿之前找到她。虽然这个谜题漏掉了一些细节，但如果我们齐心协力，便有可能破案。”

“齐心协力？”

“对，我们走。”哈里森抓起速写本，冲出了包厢。

第二十五章

疑心

哈里森和舅舅敲响了莫雷蒂一家的包厢门，出来迎接他们的是满脸笑容的梅森。

“我们正准备邀请你参加聚会。”梅森说道。

“聚会？”哈里森问。

“庆祝我们在火车上的最后一夜。”哈德莉突然探出头来，“佐拉被捕了，你怎么看？”她一边说，一边招手让他们进来。

“警察认为佐拉与绑架案有关，因为她在为泽科纳工作，”哈里森边说边和舅舅走进了包厢，“但她是无辜的。”

“佐拉是泽科纳的间谍！”梅森惊呼了一声。

“但她不是绑匪？”哈德莉问道。

“现在看起来是这样的。”纳撒尼尔舅舅答道。

哈德莉和梅森一齐看向哈里森。

“我把所有的事情都告诉纳撒尼尔舅舅了，他是来帮我们的。”哈里森看了看周围，“这里怎么这么整洁？”

“我们都收拾好了，”梅森答道，“我们明天早上八点在里诺车站下车。”哈里森心里一沉，他不想与莫雷蒂兄妹告别。

哈德莉把座椅放平，盘腿坐了上去。梅森和哈里森坐到了她的旁边。纳撒尼尔舅舅关上房门，坐在了另一张座椅上。

“我们都来，”哈里森把速写本放在床上，“因为四个脑袋总比三个脑袋强。我想，如果我们一起把所有的线索都过一遍，或许能在玛丽安失去另一颗牙齿之前，搞清楚她现在在哪里。”

“来吧。”哈德莉说。

“和伟大的夏洛克·达·芬奇共事是我的荣幸。”梅森眨了眨眼睛。

“别这么叫我。”哈里森难为情地推了梅森一把，“到目前为止，我什么问题也没解决。”

门开了，弗兰克·莫雷蒂举着双手走了进来，他说：“嘿！你们也来参加我们的聚会了。”

“我以为您去拿吃的了。”哈德莉看着爸爸空空的双手，有些埋怨地说道。

“食物马上就来。”弗兰克安慰地说道，“你们这是在做什么？玩桌游吗？”

“我们想破获玛丽安·雷扎的绑架案。”梅森答道。

“好吧，宝贝，”弗兰克挨着儿子坐了下来，“这可是件很严肃的事情。”

“是的，非常严肃。”哈里森打开速写本。“如果我们能弄清楚哈德莉的连帽衫为什么会在凌晨四点左右出现在二等座车厢的洗手间里，”他抬起头，“这将是我们弄清楚玛丽安在谁手里的关键。”

“我有个想法，”哈德莉坐直了身子，“开新闻发布会时，玛丽安穿着一条黄色的裙子，七点半她被掳走时也穿的是那条裙子……”

“等一下，”弗兰克举起了一只手，“你的连帽衫，哈德莉？

我之前看到过。”所有人都看向了他。“在奥马哈的那场绑架中，我穿过整列火车车厢找你。我当时吓坏了。就在那个时候，我看到一个孩子坐在车厢里，穿着紫色的连帽衫。我喊了你的名字，那孩子回头看了我一眼，但不是你，所以我继续到处找你，但我还是觉得很惊讶，因为那件衣服看起来很像是你的那件连帽衫。”弗雷克说道。

“你确定是一样的连帽衫吗？”纳撒尼尔舅舅问道。

弗兰克耸了耸肩膀：“不能确定。我没看到正面，只看了背面。我当时心急如焚，不过看上去很像是一样的。”

“穿着那件衣服的是男孩还是女孩？”梅森问道。

“我不确定，”弗兰克满怀歉意地说道，“那孩子戴着眼镜。”

“那就不是德雷克，”哈德莉说道，“凌晨四点之前，他还不在火车上。”

“德雷克就是在洗手间里找到衣服的那个孩子？”弗兰克问，其他人都点了点头。这个新出现的信息把大家都搞糊涂了，房间里一时陷入了安静。

“你们还有别的线索吗？”纳撒尼尔舅舅说话了，“有时一条线索与另一条线索结合在一起，事情往往就能说得通了。”

“糖纸。”哈里森拿出了速写本中的糖纸，“火车上只有玛丽安有这种法国糖果，不过它肯定是晚上六点到早上六点之间被丢在那儿的，不然弗朗辛肯定早就把它扫走了。”

“还有不翼而飞的硬盘。”梅森说道。“或者被偷了，或者——”他耸了耸肩膀，“奥古斯特·雷扎自己把它带走了。”

“还有那支粉红色的口红。”哈德莉说。哈里森从口袋里掏出口红，摘下了盖子。

“你们知道我最喜欢看谁的嘴唇涂上这个颜色吗？”弗兰克挑动着眉毛，动了动耳朵，“阿德伯特·卡培琪，她和这个颜色非常相称。”

“老爸！”梅森和哈德莉异口同声地惊呼了一声。

哈里森看着纳撒尼尔舅舅，想起了他们俩和瓦妮莎·罗德里格斯的对话。

加州彗星号开始减速，弗兰克一跃而起。“我马上回来。”说着，他从房间冲了出去。而火车也呼哧呼哧地停在了站台旁边。

“我们到哪儿了？”哈里森问道。

“赫尔珀[①]。”纳撒尼尔舅舅答道。

① 赫尔珀为美国西部犹他州的一座城市。——译者注

哈里森向窗外瞥了一眼。太阳正落在布满岩石的地平线上，金色的光芒划过了傍晚的天空。

“这里以铁路而闻名。”舅舅继续说道，“以前的火车为了能够顺利登山，往往都会在这里停下来额外再加挂一个火车头。这些火车头被称为辅助火车，辅助火车能增加火车动力。”

“我算是知道你的书呆子气是从哪儿来的了。”梅森悄悄地对哈里森说。

“看，”哈德莉指着窗外喊道，“老爸在干什么？”

他们围到窗户旁，看到弗兰克冲进停车场，把一沓钞票交给了一个骑着脚踏车的年轻人，那个年轻人给了他一大摞大大的比萨盒子。

“他买了比萨！”哈德莉鼓起掌来，“噢，爸爸最棒了！”

火车拉响汽笛的时候，弗兰克·莫雷蒂也跑回了车厢。当他抱着那些盒子走进包厢时，他们一齐向他欢呼了起来。“送餐员还从来没有往火车站送过餐，”他边说边把比萨分给了大家，“他以为我疯了。哈！疯了！[①]听明白了吗？”说到这儿，他哈哈地笑了起来。

他们狼吞虎咽地吃着有汽车轮子那么大的比萨，每一块比萨上都撒满了奶酪和意大利香肠。“要是天堂里也有比萨，”哈里森说道，“那肯定就是这个味道。”

晚饭后，加州彗星号再次提速。哈德莉拿出三个纸杯，用锡纸揉成了一个小球。纳撒尼尔舅舅看着她用法式硬币魔术的手法把那个锡纸小球变成了两个，然后又把两个变成了一个。看到舅舅脸上困惑的表情，哈里森忍不住哈哈大笑起来。

“我曾经在阿德尔菲剧院看过别人表演消失魔术，那个表演令人难忘。”纳撒尼尔舅舅对她说道，“魔术师邀请观众上台检查衣橱——他们也确实检查了——然后魔术师的助手钻

---

① 英文原文中使用的是“Loco”，该词既有“疯了”的意思，也有“火车头”的意思，一语双关。——译者注

进了衣橱。魔术师将一张床单罩在衣橱上，等他们再次掀开床单时，受邀上台的观众已经在衣橱里了，而助理却坐在观众席上！”

“我知道那个是怎么变的！”哈德莉两眼放光。

“嘿，哈德莉，如果玛丽安的绑架案就是一场魔术，”哈里森说道，“你会怎么做？”

“这起绑架案可不是魔术，哈里森。这件事情非常可怕，而且十分残酷。”哈德莉说，“魔术是无害的谎言，是每个人都愿意接受的欺骗，包括现场的观众。当你去看魔术表演时，你就是心甘情愿地被魔术师欺骗。”

“说到表演，”弗兰克站了起来，掰了掰手指关节，打破了紧张的气氛，“既然今晚的场合如此特殊，唱首歌怎么样？”他从门后面的挂钩上拿起一个西装包，走进了淋浴间。

哈德莉和梅森惊恐地对视了一下，然后带着勉强的微笑转向哈里森和纳撒尼尔舅舅。

“没事吧？”哈里森问道。

“老爸看起来和平时有点儿不一样。”梅森低声说道。

“或者说听起来有点儿不一样。”哈德莉也低声补充了一句。

“不过他还是很棒。”然后他们俩几乎是异口同声地说道。

随着砰的一响，他们都跳了起来。只见弗兰克穿着一件闪闪发光、镶满水钻的白色皮革连体衣，戴着黑色的假发和一副超大号的墨镜蹿出了淋浴间。他伸出一根手指指向天花板，撇着嘴唇说了声“啊哈”，然后开始高唱一首关于猎犬呼号的歌曲，并疯狂地扭动着臀部。最后，他单膝跪下，张开了双臂。

哈德莉和梅森疯狂地为爸爸欢呼鼓掌。片刻的惊愕之后，哈里森和纳撒尼尔舅舅也跟着欢呼了起来。

弗兰克摘下墨镜，露出一副急切的表情，问道：“你们觉得我像猫王吗？”

“猫王？”哈里森问。

“猫王埃尔维斯·普雷斯利，有史以来最伟大的歌手。”

“噢，像！”哈里森有些拿不准地说道。

“真是令人难忘的表演，”纳撒尼尔舅舅热情地说道，“太棒了！”

天色已晚，哈里森和舅舅向莫雷蒂一家道了晚安，并约定第二天早上一起吃早餐，为他们送行。火车轰隆隆地驶过犹他州，哈里森在洗手间里刷了牙，然后换上了睡衣。今天发生的事情太多了，可关于玛丽安的事情，他依然一点儿头绪也没有。他爬上自己的铺位，钻到噼啪作响的蓝色毯子下面。加州彗星号悲哀的汽笛声盖过了空调嗡嗡震动的声音。火车加速驶过平坦的原野，床铺轻轻地摇晃着。他闭上眼睛，在黑暗中向等待着他的玛丽安问好。

“我会找到你的。”他对她承诺道。

第二十六章

一路驶向里诺

哈里森醒来时，发现纳撒尼尔舅舅正坐在下铺，凝视着窗外冉冉升起的太阳。

“早上好，哈里森，”他一边说，一边喝了一口咖啡，“快来看看这里的景色。内华达州的沙漠，这里非常荒凉，几乎什么也没有。”

哈里森裹着毯子从床上溜下来，坐在舅舅的铺位上。“哈德莉和梅森今天早上就要下车了。”他叹了口气，盯着外面的灌木丛。

“我们今天下午也要下车了。”纳撒尼尔舅舅说道，“这倒提醒我了，我得把手表往后调一个小时。我们现在要用太平洋时间了。”

“这些时区把我的头都搞晕了，”哈里森揉了揉眼睛，“现在几点了？”

“六点。”纳撒尼尔舅舅边说边转动了一下他那只手表上的旋钮。

哈里森凝视着沙漠平原上空飘浮着的粉红色棉花状的云朵，“我今天要去看看莱恩，确认他没事。”

“好主意。”纳撒尼尔舅舅点了点头。

“我本来想在速写本里多画一些火车和风景，但我实在太想找到玛丽安了，到头来画的全是乘客的速写画。”

“也许等莫雷蒂一家下车后，你可以花点儿时间画些别的东西，这可能有助于你思考。”

哈里森点了点头，说道：“我还没办法把整件事情串起来。”

“你不可能解开所有的谜团，哈尔，”纳撒尼尔舅舅耸了耸肩膀，“警察会处理的，我敢肯定。”

“我想知道玛丽安是不是安然无恙。”哈里森说着又望向了窗外。铁轨边的电话线上下起伏，一簇簇看上去毫无生机的小草从被沙子炙烤的大地上冒出头来。这是哈里森第一次见到沙漠，而他满脑子想的都是一个曾经扯过他头发的女孩。

当哈里森和舅舅走进餐车时，莫雷蒂一家早已在那里坐着了。弗兰克朝纳撒尼尔舅舅挥着手：“我想我们还是让孩子们自己去玩吧，纳撒尼尔，你想要咖啡吗？”

“真希望我们能陪你一直到埃默里维尔。”哈里森坐下时，哈德莉说道。

“我也是，”梅森点了点头，“一路上……你懂的。”这是相识这么久以来，哈里森第一次听到梅森说话不流畅。

“我知道。”哈里森把速写本翻到空白的一页，迅速画出了哈德莉和梅森坐在桌子对面，前面摆着一沓煎饼和熏肉的样子，他在这幅画上写下了自己的地址和电话号码。然后，他撕下那一页，放在桌上，推到了桌子对面，他看着莫雷蒂兄妹俩说：“你们可能不一定会去克鲁，但如果你们来了英国，我可以坐火车去伦敦找你们。”

梅森拉过哈里森的速写本，拿起他的铅笔，说道：“这是我们在里诺住的旅馆。如果发生了什么事，随时给我们打电话。”

“比如什么事？”

“比如，你解开了绑架案之谜。我很想知道！”

哈里森笑了笑。但当厄尔语气生硬地欢迎阿德伯特·卡培琪和胡里奥走进餐车时，他惊讶地张大了嘴巴。“看看谁来了。”他压低声音说道。

厄尔让阿德伯特坐在门边，并告诉她如果一会儿餐车坐满了，她和胡里奥就必须离开。阿德伯特看上去一副睡眼惺忪的样子，但哈里森注意到她的嘴唇上依然留有淡淡的粉红色。他从梅森手里拿回铅笔，尽可能迅速准确地把她画了下来。

“不要两个人同时盯着她看。”哈里森低声说道，“不过，阿德伯特的发际线有些苍白——看起来是白金色，她那头毛茸茸的红色卷发一定是假发。”

梅森把一块煎饼塞进嘴里，并故意将叉子掉在了地上。趁着弯腰捡叉子的空隙，他装作漫不经心地看了一眼阿德伯特，“你说的没错！”他对哈里森说道。

“还有那件外套，”哈里森嘟囔道，“又大又长，肯定很热，但是她从来没有脱下来过。”

“快吃吧，孩子们，”弗兰克说道，“我们得去收拾行李了。”

“加州彗星号会在里诺停留15分钟，”哈德莉边说边和梅森站了起来，“我们去站台上买份报纸。说不定上面有更多关于玛丽安的新闻。”

哈里森点了点头："我一会儿去站台上跟你们碰头。"

莫雷蒂一家走后，纳撒尼尔舅舅走过来坐在哈里森的对面，问道："你想吃煎饼吗？"

"我不饿。"哈里森说着，视线越过舅舅，继续投向阿德伯特·卡培琪，"我的胃觉得现在还是晚上。"

"你在画什么呢？"纳撒尼尔舅舅看了一眼，然后又瞥了一眼阿德伯特，"啊，我懂了。"

"我觉得她跟绑架案有关，"哈里森压低声音说道，"但具体的我也说不清楚。哈德莉在银色童子军车厢里找到的口红就是她的，这一点我敢肯定……"

里诺火车站建在深深的地下。通往城市的铁轨铺在一条很深的沟槽里。高高的混凝土墙围住了整个站台，为等候火车的乘客们洒下了一片阴凉。哈里森踏上站台，来自沙漠的热浪迅速裹住了他的皮肤。他连着眨了好几下眼睛，才适应了明亮的阳光，接着便看见莫雷蒂一家从行李车上搬下了他们的行李。

"我去买份报纸，和他们道个别！"哈里森回过头，朝站在车厢门口的纳撒尼尔舅舅喊了一声，然后便跑去找哈德莉和梅森。三个人会合后，穿过人群向车站主楼走去。

“看，那边有个售货亭！”哈德莉从口袋里掏出一把零钱，走过去买了一份《洛杉矶时报》。她举起报纸，哈里森和梅森连忙凑到她的身边，玛丽安依然占据着头条新闻。

“他们又拔了她一颗牙齿！”看到标题的那一刻，哈里森倒吸了一口冷气。这篇报道详细说明了第二颗牙齿如何在凌晨时分被送到了雷扎科技公司。报纸的下方则有一张佐拉戴着手铐的照片。

梅森拿过哈德莉手中的报纸，从头到尾看了一遍，震惊地摇了摇头，说道：“那些绑匪来真的！”

“我不明白，”哈里森嘟囔道，“这没道理。”

“我觉得她不可能还在火车上。”哈德莉把一只手放在了哈里森的胳膊上。

“哈里森！”纳撒尼尔舅舅在站台上喊道。哈里森朝舅舅挥了挥手。

“我得走了。”哈里森看着梅森和哈德莉，突然感觉有些不安。

“只能这样了。”哈德莉说着，拥抱了他一下。

“别了，朋友。”梅森试图用一口纯正的英国腔与他道别，并把报纸递给了他。

“没人会这么说话。”哈里森努力想要挤出一丝笑容，“谢谢你们……让我知道了薯条和薯片的区别。”

“这个情报非常重要。”梅森答道。

当加州彗星号的汽笛拉响时，哈里森跳了起来，说道：“噢，可我还没来得及帮你录音。”

“下次吧。”梅森说道。

“希望还有下次。”哈里森说道。

“你快走吧。”哈德莉笑着说道，“噢，等一下！我好好地思考了一下你问我的问题，如果绑架是场魔术，我会怎么做。我会来一场调包，不是吗？等玛丽安刚一出门，我就让人把她抓住，并拖出人群的视线。与此同时，我会安排梅森打扮成玛丽安的样子，在停车场等着佐拉从银色童子军车厢里出来。时机一到，他便开始大喊大叫，我则把他扔进后备厢，开到拐角处，然后我们跳下车，换身衣服逃离现场。”

哈里森盯着哈德莉说：“这一招真的行得通。”

“但当时尖叫的人真的是玛丽安，哈里森。”梅森说，“我能听得出她的声音。”他用指头戳了戳自己的脑袋，“她那奇怪的口音我已经存在这里了。”

“就像我之前说的，”哈德莉说，“绑架并非魔术。”

“哈里森！”纳撒尼尔舅舅从车门处探出头来喊道。

“我最好跑两步了。”哈里森朝朋友们笑了笑，然后一路狂奔，向车门冲了过去，赶在车门关闭之前跳了上去。他走到窗前，一个劲地向哈德莉和梅森挥手，他们俩则在站台上追着加州彗星号跑了一段距离。哈里森伸长脖子，看着他们消失在了远处。就在这时，他感到一只大手搭在了自己的肩上，纳撒尼尔舅舅望着他，目光柔和。

“友谊是旅行者的馈赠，但告别则是旅行者的诅咒。”舅舅说道。

第二十七章

报时

“跟我来，”纳撒尼尔舅舅说，“我觉得离开里诺之后，你可能会不是很开心，所以我给你准备了一个惊喜。”

哈里森跟在舅舅身后，可他的脑袋里在嗡嗡作响。他们穿过火车，向乘客休息室走去。哈里森昏昏沉沉的。当火车驶过里诺的郊区时，清晨的阳光照在铁路旁的汽车玻璃和商店的窗户上，闪耀着晶莹的光芒。

“我们到了。”纳撒尼尔舅舅在西摩·哈特坐着的座位旁停了下来，西摩的手提箱正摆在桌上。纳撒尼尔舅舅坐在西摩的对面，他示意哈里森坐到他的身边。

“是时候了？”西摩微微一笑，纳撒尼尔舅舅则点了点头。

“是时候干什么？”哈里森问道。

“我给你买了一件礼物。”纳撒尼尔舅舅的声音听上去非常激动。

西摩打开他的手提箱，拿出一个黑色的盒子，顺着桌子推到了哈里森的面前。

哈里森看着舅舅，问道：“一件礼物？”

“快点儿，打开它。”纳撒尼尔舅舅有些迫不及待地说道，“生日快乐！”

哈里森打开盖子，盒子里面是一块表盘是海军蓝色、镶边和指针为银色的手表。他把它拿了起来。

“这是我最好的一块小冒险家手表，”西摩骄傲地说道，“老式的三根指针指示时间，如果你按压侧面的按键……”哈里森按了一下，表盘亮起绿松石色的底色，显示出了数字时间。“它配有指南针、日历和秒表，而且即使在一百英尺以下也可以防水。你洗澡、泡澡、游泳的时候都可以戴着它。”西摩说。

“戴上看看。”纳撒尼尔舅舅提议道。

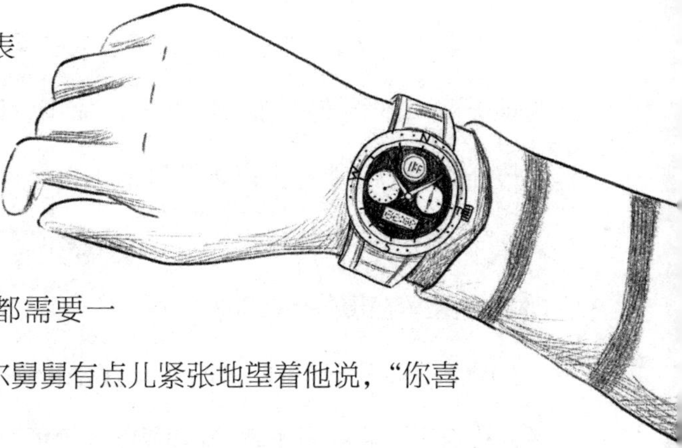

哈里森解开表带，戴上了手表，感受到了手表压在手腕上的重量。

“每个旅行者都需要一块手表。”纳撒尼尔舅舅有点儿紧张地望着他说，“你喜欢吗？”

“太喜欢了！”哈里森说道，“这块表太棒了！它……”他伸出双臂搂住舅舅，紧紧地拥抱了一下舅舅。他惊讶地发现舅舅的眼里居然泛起了泪光。

“噢，我很高兴。”纳撒尼尔舅舅笑着说。

哈里森坐回座位，继续欣赏着自己的手表。

“我就知道我们肯定选到了一块好表。”西摩边说边对纳撒尼尔舅舅眨了眨眼睛，他合上手提箱，重新锁上并拍了拍它。

“这个箱子是西摩最珍贵的财产，”哈里森想，“但它还是被我们调包了。”绑架案的线索在他的脑海中盘旋：玛丽安的黄色连衣裙，卧室里散落的几筒笔，勒索信，糖纸，紫色的连帽衫。答案就在某个地方，为什么他没看到呢？

西摩站起身来。“好了，既然我们完成了交易，我要去喝杯咖啡庆祝一下。”他两眼闪闪发光，“和你们在一起的时光真让人开心。祝你们今天过得愉快。”

“你现在的表情似曾相识，”纳撒尼尔舅舅看着哈里森说道，“你的脑袋里在想些什么呢？”

哈里森拿出速写本，“哈德莉在里诺站台上跟我说了一番话，我听了之后脑子里就一直很乱。”等那个手表推销员走出了他的视线后他说。

“继续。”

“她说如果绑架案用她表演魔术的方法来实现，她会先抓住玛丽安，然后让梅森打扮成玛丽安的样子，一边尖叫一边被人塞进汽车后备厢。”哈里森眨了眨眼睛，“您记得吗？我们去追那辆车的时候……谁也没有去注意相反的方向。”

纳撒尼尔舅舅瞪大了眼睛。

“您看，”哈里森迅速翻到了他在达勒姆博物馆为玛丽安画的速写画，然后又翻到了她被绑架的那一张，“您看出来了吗？”

纳撒尼尔舅舅反复对比了两幅画后问：“看？看出来什么？”

“鞋子。”哈里森指了指画，“在博物馆的时候，玛丽安穿的是系带凉鞋；可到了这里，她穿的鞋变成了运动鞋。我之前都没有注意到这一点，但事实一直就摆在我的眼前。”

“老天哪！”纳撒尼尔舅舅把速写本拿近了一些，仔细看了看两幅画，“你说的没错！”

“我不知道被扔进汽车后备厢的是谁，”哈里森说，“但那肯定不是玛丽安。”

纳撒尼尔舅舅和哈里森面面相觑。

“如果有个绑匪在玛丽安从银色童子军车厢出来时抓住了她，把她拖到车厢后面，捂住了她的嘴，然后在停车场上演了一场假绑架呢？”哈里森说道，“警察搜查完毕后，绑匪可以把玛丽安再带回火车上——躲在包厢或者车厢里，轻轻松松地逃走。玛丽安的糖纸应该也是在那个时候掉的——他们把她带回火车上时，她肯定在极力挣扎。”

“有这个可能……”纳撒尼尔舅舅犹豫了一下，“可牙齿呢？而且，绑匪怎么会知道玛丽安穿了一条黄色的裙子呢？”他摇了摇头，继续说道：“这也解释不了哈德莉的紫色连帽衫为什么会出现在二等座车厢里。”

“我漏掉了什么东西，”哈里森飞快地翻阅着速写本，“但我很接近真相了。我能感觉到。”

“如果你说的没错，那么肯定有很多人参与了这起绑架——至少有一个人是奥古斯特·雷扎身边的人，很可能是一个团伙。”

“一伙人……”哈里森感觉脖子一阵刺痛。

“我们应该告诉警察。”纳撒尼尔舅舅说道。

“但他们说我的画不能被当作证据。”哈里森反驳道，“我们除了推论之外，什么都没有。我们需要证据。”他低头看了一眼自己画的阿德伯特·卡培琪——这件事和她有关吗？“我们应该去跟瓦妮莎·罗德里格斯谈谈。”他看着舅舅说道。

“为什么？”

“佐拉说她是一位警察，”哈里森站起来，“我们可以告诉她我们发现了什么。”

“我懂了。”纳撒尼尔舅舅点了点头，“我跟你一起去。”

“等一下。在此之前，您能不能去看一下阿德伯特·卡培琪是不是还坐在二等座车厢里？她应该坐在中间靠右的位置上。我早餐的时候看到她了，但她没有在里诺下车。”

纳撒尼尔舅舅点了点头，说道："我们一会儿在瓦妮莎·罗德里格斯的包厢门口会合。"

哈里森匆匆穿过火车，他感到真相正在一点点浮出水面。走近莫雷蒂一家的空包厢时，他的胸口突然一紧。另一侧便是莱恩的房间，想到都是因为自己，莱恩才会遭到父亲训斥，他感到一阵内疚。趁着还没改变主意，他径直走到门口，敲了敲门。

无人应答。

弗朗辛抱着一堆床单出现在莫雷蒂一家的包厢门口。"找杰克逊一家？"她问道，"他们昨天半夜走了。在盐湖城[①]下的车。"

"可杰克逊先生之前说他们要去旧金山。"哈里森感到胳膊上的汗毛都竖了起来。

"那位先生不得不改变计划。他说他母亲病了。事情发生得非常突然。"弗朗辛看着哈里森，"他儿子拿了你的东西吗？"

"呃，是的，"哈里森只好撒了个谎，"我借给莱恩……一本书——《丁丁历险记》。那是我最喜欢的一本书。"

---

① 盐湖城为美国中西部地区犹他州的首府。——译者注

“他可能知道你会来找，就把它留下了。”弗朗辛从腰带上抽出了一串钥匙，“我们来看看吧！也许会找到呢。”她打开门锁，推开了房门，“你自己去找找看，这个房间到埃默里维尔之前都不会有人了。”

“谢谢您，弗朗辛。”哈里森感觉自己的心脏跳得飞快。

“希望你能把书找回来。”说完，她抱着床单走开了。

站在包厢里，哈里森还能闻到基恩用过的须后水的味道。他打开了每一个橱柜和抽屉，摸遍了每一个架子，但什么都没找到。淋浴间里也是空的。

就在这时，他的目光落在了垃圾桶和那里面的白色塑料袋上。有人把垃圾袋给系上了，当然这是对前来收垃圾的人的一种体贴。但凭哈里森的感觉，基恩·杰克逊并不是那种会为别人考虑的人。哈里森灵巧地解开垃圾袋上打好的结，蹲下来把里面的东西全都倒在了地板上。盯着这些垃圾时，一幕幕画面在他的脑海里依次被连接了起来，这些画面一幕连着一幕，完整而流畅——哈里森在脑海里理顺了整件事情，他知道是谁绑架了玛丽安，以及他们到底是如何下的手。

第二十八章

阿德伯特的行李

“啊啊啊啊！”一阵喊声传来，哈里森惊恐地意识到那是纳撒尼尔舅舅的声音。他沿着走廊狂奔，在瓦妮莎·罗德里格斯的包厢外面停了下来。纳撒尼尔舅舅跪在地上，脸埋在地毯里，胳膊被扭到了背后。那个女人站在他的身边，紧紧地抓住了他的手腕。

“是我，纳撒尼尔·布拉德肖，住在你对面的！”纳撒尼尔

舅舅恳求道。

瓦妮莎·罗德里格斯松开了他。“你不该吓着一个戴着耳机的人。”她语气平淡地说道。

“我并不是想吓你。”纳撒尼尔舅舅揉了揉手腕，“我敲了门，但你没听见。所以我推开门，拍了拍你的肩膀。”他站了起来，一抬头看到了哈里森，说道：“噢！你好，哈尔。”

“您没事吧？”哈里森问。

“没事。”纳撒尼尔舅舅转向瓦妮莎·罗德里格斯，“看来哈里森说的没错，你是个警察吧？”

“你怎么知道？”瓦妮莎问道。

“您在调查玛丽安·雷扎的绑架案吗？”哈里森问道。

“不是。我是芝加哥警察局的警察。我在这里没有执法权。”

“可是……”哈里森不相信地说道，“佐拉说您在盯着她。”

“有人拜托我盯着她，”瓦妮莎耸了耸肩膀，“仅此而已。我要去旧金山拜访一位朋友。”稍停片刻后，她补充说道：“我只是碰巧遇上了这起案件。”

“可是……您警告过我要小心阿德伯特·卡培琪。”

“是啊，因为你早餐时跟她走得太近了。她很危险，是个职业罪犯，专门利用好人做坏事。她偶尔会在芝加哥露面，是个惯犯，经常盗用别人的身份，骗走老年人的毕生积蓄。”她摇了摇头，“我非常厌恶针对老年人的犯罪。她什么都偷，钱包、护照、社保号码……”她挥了挥手，加上一句：“任何她能卖的东西。”

“好吧，现在，她不仅犯了盗窃罪，我认为她还是绑架案的帮凶。”哈里森说。

“她干什么了？”纳撒尼尔舅舅透过眼镜的上方看着哈里森。

“你有证据吗？”瓦妮莎·罗德里格斯问道，她的语气非常镇静。

“有。”哈里森从口袋里掏出了那支粉红色的口红，“这是在银色童子军车厢里找到的。粉红色的，正是阿德伯特用的颜色。我敢肯定，如果您拿去做检测，一定会在上面发现她的DNA。”

“掉了支口红并不犯法。”瓦妮莎说。

“确实，但偷走奥古斯特·雷扎的电脑硬盘就犯法了。”

“硬盘不见了？”

“对。她从来没有被邀请进过银色童子军车厢，那她的口红为什么会出现在那里呢？我觉得失窃的硬盘就藏在她那件大外套里面。”

瓦妮莎盯着他问道：“你为什么觉得她与绑架案有关呢？”

“吃早饭的时候她曾问过我，我跟她说起我觉得绑匪是个女人。她说我弄错了，一定是个矮个子男人，女人绝对不会做这种事情。”哈里森摇了摇头，“她都没有看到绑架案的经过，为什么要那样说呢？她就是想让我怀疑我自己，但我从来不会怀疑我自己画的东西。”

“画？”瓦妮莎扬起了眉毛。

“听着，我知道让孩子们帮忙破案有些奇怪，但我们几小时后就要在埃默里维尔下车了。而你是一名警察，你应该也不想因为忽视了一个孩子的话而放走了参与雷扎绑架案的罪犯吧？”纳撒尼尔舅舅说。

瓦妮莎死死地盯着哈里森。过了一会儿，她一侧的嘴角稍稍弯起，露出了带有敬意的笑容。她说：“我们能不能确定她还在这列火车上？”

"她在二等座车厢，"纳撒尼尔舅舅答道，"我刚去看过。"

"那我要呼叫支援。"瓦妮莎看着窗外说道，"我们现在到哪儿了？"

"快到特拉基[①]了，"纳撒尼尔舅舅答道，"我们马上就要开始攀登内华达山脉了。"

瓦妮莎伸手拿起了椅子上的电话，哈里森瞥见她的腰里别着一把手枪。"纳撒尼尔，"瓦妮莎的视线直接越过了哈里森的头顶，"帮我一个忙，到乘客休息室去坐着，就坐在二等座车厢的门边上。如果嫌疑犯离开了车厢，马上来通知我，但不要和她接触，她非常危险。火车上到处都是平民，我们也不知道她是否携带了武器。我可不想发生人质事件。我赶紧上报，然后下楼跟你会合。我们先按兵不动，等待支援。明白了吗？"

"嗯，当然了。"纳撒尼尔舅舅朝她点了点头，然后又向哈里森点了点头，转身离开了。

瓦妮莎看着哈里森，说道："回你的包厢去，孩子。你干得很好——剩下的交给大人们去办吧！"

---

① 加利福尼亚州的一个小镇。——译者注

“可是……”

“这可不是游戏。你要是受伤了，你妈妈会不高兴的。”说完，她转过身，背对着他拨了一串号码。

“但我还没有告诉您关于……”哈里森举起了他的速写本。

“喂？我是罗德里格斯。给我接奥马哈的巴基警官。”

哈里森拍了拍瓦妮莎的胳膊肘，但她甩开了他的手，皱着眉头示意谈话已经结束了。

哈里森瞪了她一眼，但还是老老实实地退了出来。他回到了自己的包厢，关上了门。她没让他把话说完。他还没有告诉她调包的事情，或者说他还没有告诉她绑架到底是怎么发生的。他想象了一下她说的支援——所有那些带枪的警察赶到之后会发生什么。他还记得他们是怎么抓走佐拉的，他们不会听任何人解释。

他跌坐在椅子上，凝视着窗外那片松树和冷杉，它们在远处的山脚下相互摩挲着。如果他只是坐在这里，什么也不做，等警察们声势浩大地带着手铐和枪赶到后，玛丽安可能也会陷入更危险的境地。他想到了奥古斯特·雷扎。“他会希望我怎么做呢？”他在心里问自己。

哈里森把速写本放在桌子上，特拉基的景色就像电影布景似的在窗前滚动——五颜六色的木制商店、房屋和一座鲜红色的消防站组成了一支浩浩荡荡的游行队伍。当加州彗星号在站台旁停下时，哈里森听到了从铁轨平交口传来的叮当的钟声。

他知道自己该做什么了。

第二十九章

替身

哈里森沿着站台向银色童子军车厢飞奔而去。按下车厢门的密码时，他的心都提到嗓子眼了。门打开后，他蹑手蹑脚地钻进这节私人车厢，溜进了玛丽安的卧室。房间非常整洁。床已经收拾好了，笔筒也重新放在了桌上。他打开衣柜，看到一件淡黄色的裙子挂在一排衣服的正中间，心中顿时感到一阵寒意。

火车刚一开动，他便走到走廊上，背靠着光亮的白色墙壁，朝会议室里望了一眼。房间里空无一人，但他仍然能听到客厅

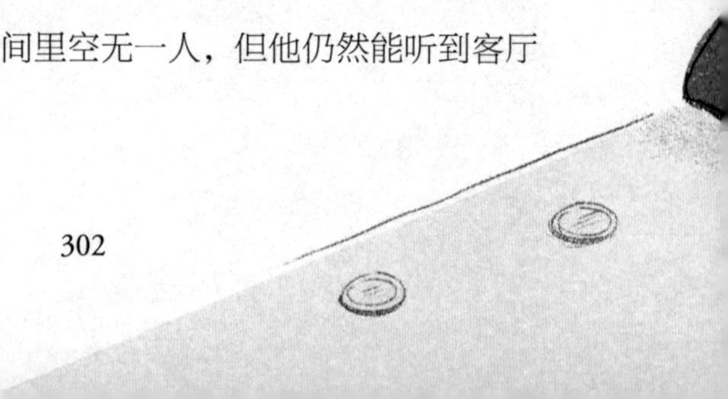

里电视的声音。他悄悄地跑到走廊对面的门口，偷偷瞟了一眼客厅，然后身子马上紧紧地贴在墙上。有一个人正坐在沙发上用笔记本电脑看动画片，背景音里的笑声听上去颇为诡异。他突然觉得脑袋里的一根筋被抽了一下，胸口一阵发紧。他深深地吸了一口气，走进了客厅。

背对着门坐着的正是莱恩。他穿着他那件红色的T恤和蓝色的牛仔裤，但他的牙齿矫治器已经松开了，眼镜也放在了沙发上。

哈里森用响亮而又清晰的声音喊了一句：“玛丽安！”

莱恩猛地一回头。短发、男孩的衣服、牙齿矫治器和眼镜都是很好的伪装，但她听到自己的名字，还是下意识地回了头。

玛丽安瞪大了眼睛看着哈里森，两个人面面相觑。

“玛丽安。”哈里森朝她走了过去。

她举起一根手指放在唇边，让他别说话。紧接着，她合上笔记本电脑，动画片的声音戛然而止。然后，她朝哈里森身后的走廊点了点头。哈里森听到有人在厨房里唱歌。

她望着哈里森，又轻轻地摇了摇头。

厨房里传来叮当一响，接着是一声怒吼，后来便是越来越近的脚步声。基恩·杰克逊慢吞吞地走了进来，嘴里还嚼着一块三明治。看到哈里森时，他的两只眼睛都瞪圆了。一块看上去很像熏牛肉的东西从他的嘴角掉了下来，啪唧一声掉在了地板上。

“请不要伤害我们，杰克逊先生，”玛丽安哀求道，“哈里森是我的朋友！”

基恩擦了擦嘴，看了看玛丽安，又看了看哈里森。

“没关系，杰克逊先生，”哈里森冷静地说道，“我知道你没有绑架玛丽安。”他转向玛丽安，说道：“你绑架了你自己。”

玛丽安倒抽了一口冷气，基恩则开始哈哈大笑。还没笑几下，他便被食物给噎住了，脸色一阵发紫。他边笑边大声地咳起来，捶打着胸口。恢复过来后，他指着哈里森说道：“这个英国小孩比所有的美国警察都聪明！”

“闭嘴！”玛丽安怒气冲冲地盯着哈里森，“你还告诉过谁？”

“等人们发现这全是你自己干的好事，你会有大麻烦的。”哈里森说，“你妈妈和爸爸非常担心。全美国有一半的警察都在找你。佐拉也被捕了……”

“我不在乎！”玛丽安喊道，“警察都是笨蛋又不是我的错。佐拉反正是罪有应得。她是泽科纳的间谍。她以为只要讨好爸爸，爸爸就会把秘密都告诉她。她变成现在这样完全是咎由自取。”

“你让她目睹了你被绑架的全过程，是吗？”哈里森说道，“你是故意陷害她的。”

玛丽安眯起眼睛，耸了耸肩膀：“如果就是这样呢？”

“你的父母会伤心，你也不在乎吗？”

“他们难道就不在乎我有多伤心吗？”玛丽安跺着脚说，“你不会明白的。你看你舅舅多宠你啊！”她的鼻孔因为生气大了一圈，声音也变得难听起来：“我敢打赌，你肯定和你的父母住在一起，每天放学后，他们都会问你当天过得怎么样。你们肯定还会一家人聚在一起吃饭，你的父母还会陪你玩。”

“是的，他们会。”哈里森说。

玛丽安的脸都扭曲了。“我敢说，你在美国的这段时间，”她生气地低声说，“他们肯定都很想你。”

思乡之情再次涌上哈里森的心头。他想念他的家人，他知道他们也会想念他。所以，他点了点头。

“是吧，我父母就不会。”玛丽安的眼中泛起了泪光，“你知道我多久才能见一次我的父母吗？好几个月才能见一次。而且自从他们分开后，我每次都是单独见他们中的一个人，所以见面的机会更少了。他们一心要用新技术拯救世界，为世界和平斡旋，可他们不再相爱，也不再爱我了。”

“你被绑架后，我看到了你爸爸的表情，”哈里森平静地说道，“他的样子糟糕透了。我能看出来，他很爱你。”

“你不知道，”玛丽安不屑地笑了一声，“在我回法国之前，他有一周的时间跟我在一起，可我们是怎么过的呢？在这列臭气熏天的火车上，跟佐拉这样的两面派记者聊天。”她握紧了拳头，说道：“我给他画了一整套关于未来火车的漫画，他甚至连看都没有看一眼。”

“如果你跟他说……”

“他不会听的！”她大声喊道，“我跟他们说过，我不想去寄宿学校，可他们还是把我送走了。我讨厌法国。他们说这对我有好处，可那里实在太远了。”一滴眼泪滑过她的脸颊。“我想回家，但是不行，他们觉得我应该坚强起来。”说完，她咬咬牙又说道：“你觉得我现在够坚强了吗？”她噘起嘴唇，露出了一个难看的笑容，“他们现在会听我说话了吧？”

基恩坐下来，脸上的表情让人捉摸不透，说道：“这比肥皂剧好看多了。”

“他们会听的，”哈里森点了点头，“所以你必须就此打住。全都结束了。”

“我说结束了才算完！”玛丽安一下子急了。

“没错，”基恩站了起来，“这不仅仅是要给奥古斯特和卡米尔一个教训，人们也应该获得自己应得的东西。”

“你想拿那笔赎金？”哈里森问基恩。

“我一向直来直去，”基恩答道，“这是我参加这场危险演出的报酬。我和阿德伯特都计划好了——我们要去墨西哥结婚！”

“你怎么知道我们在这里？”玛丽安眯着眼睛问，“是莱恩告诉你的吗？”

“他根本不想参与这件事情，对吧？”哈里森看着基恩，“是你逼他的。”

“那孩子就是个胆小鬼，”基恩咕哝着说道，“真不敢相信他居然是我的儿子。”

“莱恩在我的速写本上写了些东西，想要以此来警告我，”他对玛丽安说道，“但我没明白他的意思。不，不是他告诉我的。是你的鞋子出卖了你。”

“我的鞋子？”玛丽安皱起了眉头。

“你在博物馆时穿的是系带凉鞋，可那个被扔进汽车后备厢的人穿的是运动鞋。哈德莉让我明白了绑架其实也可以像变魔术一样。变魔术时，消失的那个人通常和魔术师是一伙儿的。所以你肯定也和绑匪是一伙儿的——基恩、阿德伯特和莱恩都是你的帮凶。”从玛丽安的表情就可以看得出来，哈里森说对了。“所以你才乔装打扮，偷偷溜进车厢里，对不对？你得在绑架发生之前和他们碰个头。你并不是真的想向我道歉。可因为我们看到你了，所以你才编故事说西摩·哈特在跟踪你。”说完，哈里森看了看玛丽安，又看了看基恩，“我只是不知道你们之间有什么关系。”

“基恩是我姨父，”玛丽安答道，“或者说，前姨父。他娶了我妈妈的双胞胎妹妹，不过他现在和阿德伯特在一起了。莱恩是我的表弟。”

“怪不得你们看起来那么像。”

“就因为我玩了几把牌，那个傲慢的女人就把我赶出了家门，然后还把我的钱全都拿走了，”基恩痛苦地说道，“但我现在有阿德伯特了。”

“整件事情都是你的主意，对吧？”哈里森对玛丽安说道，“你为这桩绑架案专门挑了一条亮黄色的裙子，因为它足够显眼，其实你买了两条——一条给你自己，另一条给了莱恩。在奥马哈，等所有人都进了银色童子军车厢后，你吩咐伍迪去给你拿饮料，并让佐拉到外面跟你见面，因为每一场魔术都需要一名观众。还有谁比一位受人尊敬的记者更适合这个角色呢？你拿着哈德莉的紫色连帽衫出了门，一路从银色童子军车厢跑到了停车场周围的树篱旁边。然后，你穿上连帽衫，把黄裙子塞到了衣服里面，只露出了黑色的打底裤。等佐拉出来后，你便大声尖叫。我听到了你的喊声，梅森也听到了——那只可能是你发出的。但我们看到的其实是莱恩——他穿着和你一模一样的黄裙子，戴着金色的假发，一边挣扎一边被阿德伯特向后拖去，最后还被扔进了后备厢里。那辆车开走后，我们都追了上去。趁着混乱，你绕到火车后面，基恩则带着莱恩的衣服、牙齿矫治器和眼镜在那儿等你。”

“这孩子真聪明。”基恩点着头说道。

“闭嘴！”玛丽安厉声说道。

“你戴上眼镜，”哈里森继续说道，“拉起兜帽，急匆匆地穿过车厢去了二等座车厢。在此期间，可能是为了让自己平静下来，你还吃了一颗你最爱吃的糖，然后顺手丢掉了糖纸。从弗兰克·莫雷蒂身边经过时，你险些被他逮个正着，因为他认出了你身上的连帽衫，把你当成了哈德莉。进了洗手间后，你换上莱恩的衣服，重新整理了头发，然后戴上了牙齿矫治器。后来，你把连帽衫扔在了洗手间里，跑到基恩的包厢，假装自己是莱恩……”

“等一下！计划不是这样的！”基恩看着玛丽安，“你应该在包厢里换衣服！”

“但她答应过哈德莉要把连帽衫还给她，”哈里森看着玛丽安说道，“你不想不守信用，对吧？”

“那是她爸爸给她的生日礼物。”她轻声地说道。

“你这个笨蛋！”基恩气急败坏地说道，“你搞不好会把整个计划都毁了！”

“我没有，不是吗？”玛丽安立马反驳道，“这是我的计划，怎么样都是我说了算。”

哈里森看到基恩脸上闪过一丝不怀好意的表情。

“在包厢里，基恩给你剪了头发。”哈里森继续说道，“我在你们包厢的垃圾桶里发现了那些头发。直到那时我才意识到，你和莱恩互换了身份。这就解释了为什么莱恩会不记得自己在我的速写本上写过什么。真正的莱恩和阿德伯特一起躲在二等座车厢里，对吧？”说到这里，他脑海里浮现出阿德伯特穿着蓝色羽绒衣的样子。他接着又说：“本来一切都很顺利。直到昨晚，你透过车厢壁，偷听我们在比萨派对上说了什么。当你听到我们在讨论线索和魔术时，你慌了。我们离真相越来越近了，所以你假装在盐湖城下了火车，然后躲到这里来了。”

“你们离真相还没有那么近。”玛丽安喃喃地说道。

“牙齿的事情我怎么也没想明白，”哈里森说道，“你是怎么做到的？你把自己的牙齿拔了出来吗？”

玛丽安放声大笑，尖厉的声音让人非常不安。“你喜欢吗？”她叹了口气，“阿德伯特说我应该弄些吓人的东西，这样绑架才更像是真的。”

“它们都被送去了雷扎科技公司。报纸说DNA显示那就是你的牙齿。”

“那确实是我的牙齿，”玛丽安答道，“那些都是我的乳牙。我把它们全都放在了我的首饰盒里。”她向前倾了倾身子。“你不知道吗？牙仙是不会来寄宿学校的[①]。”她冷冷地笑了笑，接着又说，“你以为自己很聪明，是不是？”

“我们走着瞧。”哈里森说道。

“这话什么意思？”

---

① 西方童话中，牙仙会趁着晚上来到孩子床边，拿走孩子换下的乳牙。——译者注

“我知道你很愤怒，玛丽安，”哈里森语气温和地说道，“但你在伤害别人。”

玛丽安挺直了肩膀，说道：“我才是受伤的那个人。”

“你不是个坏人，玛丽安。否则你也不会想着要把哈德莉的连帽衫还回去。”哈里森看到玛丽安噘起了嘴唇，“可你惹出了那么多麻烦，你必须纠正错误——负起责任来。”说完，哈里森对她笑了一下，接着又说：“到了下一站，我觉得你应该跟我一起回到车厢里，向瓦妮莎·罗德里格斯自首——她是一名警察。”

“她是什么？”基恩看上去非常震惊。

“如果我不去呢？”玛丽安扬起了下巴。

“那取决于你。”哈里森平静地看着玛丽安，“我没跟任何人说过绑架案的事，也没告诉任何人我来了这里。我希望你能做正确的事情，”他直直地盯着她的眼睛，咽了口唾沫，说道：“我任你处置。”

第三十章

背叛

“我现在就来解决这件事情，”基恩说着，跳起来一把抓住了哈里森的肩膀，“把这个万事通扔下火车。”

“基恩，住手！”玛丽安试图抓住他的胳膊，却被他一把甩开了。

“到这会儿就别心软了，小公主。你和我一样，都是一身的麻烦。”

弯弯曲曲的客厅后面有一扇门，推开门就能看到底下飞驰的铁轨。基恩拖着哈里森向那扇门走去。来到门前时，基恩用力踹开门，呼呼的风声和车轮飞驰的声音一下子涌了进来。

玛丽安惊呼了起来：“计划不是这样的！”

“计划里也没说我们要去自首！”基恩大声说道。

“我从来没说过要去自首！”玛丽安喊道，“让我想一想。”

“我已经不想思考了，”基恩咆哮道，“阿德伯特说你早晚会退缩的，她说对了。”

“别相信阿德伯特，”哈里森一边大喊，一边挣扎着想要摆脱基恩，“阿德伯特甚至都不是她的真名。”

“闭嘴！”基恩说着，把他往前一推。

哈里森紧紧地抓住家具和门框，以免自己真的摔下火车。突然袭来的一阵眩晕让他的双腿发软。铁轨旁的路面向下倾斜，他仿佛将坠入一个深深的峡谷。

“阿德伯特是个职业骗子！”他大声喊道，“如果你不知道她的真名叫什么，那说明她也在骗你！”

“阿德伯特爱我……”

“是吗？你知道她在丹佛火车站偷了奥古斯特·雷扎的电脑硬盘吗？”基恩的脸上掠过一丝困惑，“她打算把它卖掉。如果你不相信我，就自己上楼去看看。她背叛了你！”

基恩把哈里森拽回客厅，把他扔在地毯上。他指着哈里森，恶狠狠地瞪着他。“如果你敢骗我，我就把你直接扔出去。”说完，他跺着脚上楼了。

哈里森把脸贴在地板上，玛丽安则砰的一声关上了客厅的门。

“我没想要伤害任何人。”她轻轻地说道。

“你必须打住了，玛丽安，”哈里森坐了起来，“去自首，一切就都结束了。”

“我……我做不到。”她满脸惊恐地说道。

楼上传来一声怒吼和一声巨响，基恩怒气冲冲地走下楼梯，“她把它拿走了！”他气急败坏地说道，“背叛！女贼！”他用一根手指捅了捅玛丽安，问道：“你知道这件事吗？”

“我当然不知道了，”玛丽安气呼呼地说道，“阿德伯特是你的朋友。是你让她参与进来的。”

“女人！”基恩摇了摇头，卷起了袖子，“她总是面带甜蜜的微笑，许诺说要去墨西哥结婚，可等男人真的到来时，她就把他抛到一边去了。”他瞪着玛丽安，问道：“我怎么知道你是不是打算让我背黑锅呢？”

“姨父，我们是一家人。”玛丽安看上去很平静，但她的表情着实让人觉得不舒服。她走向吧台，打开抽屉，拿出了一把银色的小手枪。哈里森的心里一沉，她把手枪递给了基恩。“我是站在你这一边的。”她对基恩说道。

哈里森突然恐惧不已。“玛丽安，不要！”他觉得自己已经讲不出话来了。

“把他当作人质，”她指着哈里森冷冷地对基恩说，“我们可以把他当作保险。”

“聪明的小丫头。”基恩微微一笑，脸上露出了佩服的表情。他把手里的枪转了一个方向，用枪管对准了哈里森，“我正好有东西可以拿来照顾我们的‘保险’。”说着，他一只手伸进口袋，掏出了一副手铐。同时，哈里森看见一把小小的银色钥匙滚落在了地毯上。

“你戴着手铐干什么？”玛丽安皱起了眉头。

“就像我刚刚说的，阿德伯特觉得你可能会退缩。”他答道。

“杰克逊先生？”哈里森捡起钥匙，举在手里，“你把这个弄掉了。”

“给我。”基恩用枪指着哈里森说。

“没问题。”哈里森把钥匙从右手换到左手中，然后放在了基恩伸出来的那只手上，基恩顺手把钥匙塞进了口袋。他用手铐铐住哈里森的一只手腕，把他拖到楼梯旁，用绕过栏杆的另一只手铐铐住了哈里森的另一只手腕。哈里森靠着栏杆坐在楼梯最下面的一级台阶上，双手被铐在了身后。

“现在，”基恩转向玛丽安说道，“我们得确保他们付了赎金。到了下一站，我会用公共电话打个电话，然后……”

随着一阵刺耳的金属声，银色童子军车厢颤抖了一下，基恩和玛丽安也随之踉跄了一下。加州彗星号在一段宽阔的弧形轨道上减慢了速度。

“怎么回事？”玛丽安环顾了一下四周，显然被吓坏了，“我们离下一站还远着呢！”

火车鸣起了汽笛。哈里森伸长脖子向窗外望去，只见一排警车在一条横穿铁轨的泥路上行驶。警车队伍紧急停下时，扬起了一团团黄色的尘土。

“你骗人！”基恩对哈里森吼道。

“现在自首还不晚。”哈里森没有理会基恩，继续对玛丽安说道。

“我已经决定了。”她回应道。

哈里森看到一群警察从警车里冲了出来，围住了车厢。基恩和玛丽安紧张地盯着窗外。

趁着他们没有注意自己，哈里森把手伸开，手心里露出了那把银色的小钥匙。

“我们是武装警察！”外面传来一个声音，“举起双手出来！”

“我们怎么办？”基恩蹲下来，低声说道。

“跟他们谈判。”玛丽安说道，“拿着枪——把我带出去。要他们安排一辆去机场的车，把戏做足了。”

“那孩子怎么办？”基恩往哈里森那边歪了歪头。

“别管他了，”玛丽安说，“他们想要的只有我。”

哈里森用手指夹住钥匙，想把它插进手铐的钥匙孔里，但他完全看不见自己的手，只能胡乱地摸索着钥匙孔。很快，他的头上便冒汗了。“如果霍迪尼能在水下做到，”他想，“我也能做到。”

“好吧。”基恩站了起来，“你准备好了吗？”不等玛丽安回答，他便一把抓住她的腰，踢开车门，大声喊道：“我要谈判！玛丽安·雷扎就在这里。你们别轻举妄动。”他举起了手枪，“十分钟内，给我安排一辆去机场的车，不然我就毙了她。”

说完，他把玛丽安拉回车厢，又砰的一声关上了车门。就在这时，哈里森终于把钥匙插进了钥匙孔。

“你在看什么？”玛丽安问基恩。此刻的基恩正目不转睛地盯着她，手里的枪依然指着她的胸口。

“我为什么要假装你是我的人质呢？你本来就是的！”基恩不怀好意地看着她。

“基恩姨父……”

哈里森转动钥匙，松开了一只手，又迅速地松开了另一只手。手铐则悄无声息地落在了地毯上。

“我不明白我为什么要跟别人分赎金，”基恩说道，“我才是拿着枪的那个人，而且我也受够了被一个孩子使唤。”

玛丽安神色惊恐，基恩则冷笑起来：“现在不那么趾高气扬了，是吧，小公主？我跟你说，阿德伯特和我本来就没打算到埃默里维尔后真的放你走。我们准备把你带去她在偏远地方的一个小屋，然后要求你爸爸支付双倍的赎金。如果赎金能加到两千万，谁还会满足于一千万呢？”

基恩和玛丽安都没有注意到哈里森。趁着这个空当，哈里森握紧拳头，想都没想便扑向基恩拿枪的那只手。

“哈里森！”看到哈里森扑向基恩，玛丽安惊呼起来。

“什么……？”基恩大喊一声，与哈里森双双倒在了地毯上，手枪也啪嗒一声掉在了地上。

两人翻滚着扭打在了一起。哈里森竭力想要挣脱基恩，可这个男人是个摔跤手，毫不费力便将哈里森按倒在地。基恩笑着拿起枪，用它对着哈里森的额头。

“你真不该这么做，孩子。”

第三十一章

忏悔和骚动

哈里森惊恐地盯着基恩的脸。他的脑海里出现了爸爸妈妈抱着小艾丽的画面，“不！”基恩扣动扳机的那一刻，他失声喊道。

然而，手枪并没有发出砰的声音，只是咔嗒响了一下，枪管末端闪过了一小团火光。

基恩皱着眉头，目瞪口呆地看着手枪。“怎么？”可是还没等他说完，玛丽安就啪的一声将一盏玻璃灯砸在了他的头顶。

基恩倒在地板上，痛苦地呻吟着。哈里森趁机从他身下爬了出来，他抬头望着玛丽安，心脏依然狂跳不止。

“你没事吧？”她长出了一口气，“这不是把真枪。这是我爸爸的点烟器。”她喘着粗气说道：“除了这个办法，我不知道怎么才能让他相信我是站在他那一边的，可实际上我是站在你这一边的。”

“你骗了他？”哈里森感觉自己就要昏倒了。

“我永远也不可能给他一把真枪！”玛丽安激动地说道。

基恩依然倒在地上呻吟，玛丽安则冲向后门，一把将门拉开。“救命！”她一边喊，一边向警察们挥手，“快来！我们把他打晕了！”

警察们一拥而上，跑过铁轨，冲进了车厢。哈里森和玛丽安被带到了外面，警察体贴地帮他们披上毯子。过了一会儿，看起来依然很难受的基恩戴着手铐，踉踉跄跄地被警察从银色童子军车厢里拖了出来，塞进了一辆警车的后座。

“这不是我的主意！”基恩喊道，“我什么也没做。玛丽安·雷扎绑架了她自己。”

一位警察冲着对讲机正式宣布：“两名遭到绑架的受害者安

全了，重复一遍，遭到绑架的受害者安全了。”

“我不是受害者。”玛丽安小声对哈里森说道，“我得去自首。”

哈里森握紧了她的手说：“我会帮你解释的。”

“哈里森！”纳撒尼尔舅舅瞪大了眼睛，向他们冲了过来，“你没事吧？”舅舅一把将他搂进了怀里，上下打量着他，他急切地问道：“你受伤了吗？”接着舅舅又看了看玛丽安，问道：“玛丽安，你安全了？发生了什么事？”

“纳撒尼尔舅舅，火车为什么停了？还有这些警察……他们又是从哪儿来的？”

“你消失了。”纳撒尼尔舅舅有些生气地说道，“我在房间里发现了你的速写本，里面还有玛丽安的头发。我和你一样想通了整件事情，于是我告诉瓦妮莎，是基恩绑架了玛丽安。”

“我很抱歉，布拉德肖先生，”玛丽安说，“基恩姨父没有绑架我，是我绑架了我自己。”

“你说什么？”纳撒尼尔舅舅皱起了眉头，“基恩姨父？”

哈里森笑了起来，玛丽安也跟着笑了起来。很快，哈里森发现自己笑得根本停不下来，他连眼泪都笑出来了。“她绑架了她自己！”他重复了一遍，两个人都笑得浑身发抖。

“我不知道这有什么好笑的。”纳撒尼尔舅舅说。

“对不起，”哈里森擦了擦眼睛，“这件事实在是太傻了。”他用手肘顶了顶玛丽安，说道：“你真是个彻头彻尾的笨蛋。”

“我知道。”她答道。两个人又都笑了起来。一切都结束了，他们如释重负。

“但你从基恩手里救了我，”哈里森擦着眼睛说道，“谢谢你。”

“不，是你救了我，”玛丽安说道，“可你是怎么挣脱那副手铐的？”

“魔术。”哈里森小声说道。

不远处传来了一阵骚动，一位金色短发、身穿黑色长裙、脚踩高跟鞋、看上去非常世故的女人被瓦妮莎·罗德里格斯粗暴地推下了火车。

“谁来帮帮我！”金发女人呼喊道，“这个女人要害我！”

“都退下！”瓦妮莎·罗德里格斯拿出她的警徽，对着走近的警察吼道，“这是阿德伯特·卡培琪，真名卡伦·坎宁安，她涉嫌大规模诈骗和勒索。关于雷扎的绑架案，我们也要带她去问话。来个人，向她宣读一下她的权利。”虽然没有了红色假发和蓝色外套，可哈里森还是一眼认出了她。他看了看把脸贴在警车车窗上的基恩，基恩惊讶地张着嘴，难以置信地盯着这个他以为会在墨西哥嫁给他的女人。

“我该向谁坦白？”玛丽安悄悄地问哈里森。

“瓦妮莎。”哈里森紧紧地握住了玛丽安的手，“我跟你一起去。”

看着两个人向自己走来，瓦妮莎·罗德里格斯惊讶地眨了眨眼睛。“我想要自首，”玛丽安说，她的声音微微颤抖，“是我策划了自己的绑架案。”

“真的吗？”瓦妮莎盯着她，“让我猜猜，你告诉阿德伯特·卡培琪你想要绑架你自己，她说这是个绝妙的主意，并且鼓励你，帮助你把这个想法变成了现实。”

玛丽安看上去非常羞愧，她低声地说：“对。”

“好吧，那我得逮捕你。但你还未成年，还是个孩子，一个想绑架自己的傻丫头，所以你可能会被禁足一年或者被罚去捡垃圾。但那女人是个成年人。她知道做哪些事情是违法的，她也知道利用一个亿万富翁的傻孩子可以骗到多少钱。”

“嘿！”玛丽安气呼呼地说道，“我不傻！”哈里森踢了一下她的脚踝。

瓦妮莎看了看哈里森，问道：“这都是你自己想通的？”哈里森点了点头，一丝抑制不住的笑意掠过他的脸庞。

“那我也得逮捕你，贝克先生，”瓦妮莎说道，“知情不报。”哈里森结结巴巴地想要辩解，可她却撇起嘴唇，眨了眨眼睛说道：“骗你的！”

“罗德里格斯警官，”哈里森说，“基恩·杰克逊的口袋里有一把银色的钥匙，那是我舅舅行李箱挂锁的钥匙。您能帮我把它拿回来吗？”

“你舅舅的钥匙为什么会在他那里？”

“有机会我给您表演法式硬币魔术，您就会明白了。”他装出神秘的样子答道。

瓦妮莎摇了摇头，朝警车走去。基恩坐在警车里，依然呆呆地盯着阿德伯特。

“哈里森！”有人喊了一声，哈里森一时没认出这个正朝自己走过来，怀里还抱着蜥蜴的男孩。没有了牙齿矫治器和眼镜，他看上去显得有些不一样。

“莱恩，你没事吧？”哈里森问。

莱恩点点头。“我一直被困在二等座车厢里，祈祷这一切快点儿结束。”他笑了笑，“现在都结束了，多亏了你。”

“如果没有你给我的秘密信息，我永远也解不开这个谜题。”哈里森朝蜥蜴点了点头，接着问道：“胡里奥怎么了？”

“阿德伯特把它扔了。”莱恩揉了揉胡里奥长满鳞片的后背，蜥蜴舒服地卷起了舌头，“它和我一样，都不想参与绑架。我希望妈妈能让我留着它。”

玛丽安犹犹豫豫地躲在哈里森的身后。哈里森把她拉到前面，让她面对着莱恩。她盯着地面，喃喃地道歉。当听到两架直升机在不远处降落的声音时，他们都抬起了头。

“是爸爸。”玛丽安说道，她的声音里充满了恐惧。

几辆警车向直升机驶去，车轮飞速地旋转着，人们冲着对讲机大喊大叫。玛丽安紧紧地抓着哈里森的手。一辆警车开到了他们的面前，奥古斯特·雷扎从座位上跳了下来。

“玛丽安？玛丽安！”她的爸爸跑过来，一把将她抱起。“你这个任性的、骗人的、傻乎乎的……”他每责备她一句都要亲吻她一次，“亲爱的、漂亮的小丫头。”

“我的小花菜！”一个身穿粉蓝色西装的高个子女人从警车后面走了出来，匆匆跑到他们身边。“玛丽安！”她哭了出来，“你的头发！”

“我很抱歉，妈妈。”玛丽安哭了起来。她的爸爸把她放下来，好让妈妈抱住了她。

“你让我们大家都出丑了。”

“我真的很抱歉。”玛丽安啜泣道。

“莱恩，你没事吧？”玛丽安的妈妈伸出另一只胳膊，抓住莱恩的手，把他拉到了身边，“你妈妈一直很担心你。我们会把你带回家的。”

“谢谢你，卡米尔姨妈。”莱恩点了点头，“我能带上胡里奥吗？”他举起胳膊，让她看了看那只大大的蜥蜴。她惊讶地笑了起来，说：“随便你。”

“我的头发看起来很糟糕吗，妈妈？”玛丽安问道，她想让妈妈的注意力转移到自己的身上。

卡米尔用一只手托住女儿的脸颊，回答道：“没有，非常时髦。”

“哈里森，”奥古斯特·雷扎微笑地看着他，“我听说我们要好好感谢你。如果我们能做些什么来报答你……”

“其实……还真有一件事，”哈里森说，“但不是为了我。玛丽安想在美国上学，她想离你们近一点儿。我知道这不关我的事，但如果她能如愿以偿，我会很高兴的。”

卡米尔和奥古斯特内疚地看了彼此一眼。

“噢，”哈里森对奥古斯特说道，“还有，您应该看看她为雷扎火箭号比赛做的设计。我知道她不能参赛，因为她是您的女儿，规则可能不允许。但我想您肯定也不愿意错过一个好主意，对吧？她真有不少好主意。是她把我从基恩的手里救了出来，我欠她一份人情。”

玛丽安红着脸，感激地朝他笑了笑。

与哈里森道别后，雷扎一家和莱恩坐上一辆汽车，被送回了直升机上。基恩和阿德伯特也被警察带走了，暂时的喧闹终于平息了下来。

哈里森坐在纳撒尼尔舅舅旁边的一块岩石上。“在余下的旅程中，”哈里森说，“我要坐在乘客休息室里，只画风景，我保证。”

“很好。”纳撒尼尔舅舅递给他一听冰的苏打水，“我觉得我的心脏再也受不了这样的刺激了。”

“打扰一下！”一个声音喊道，“你们是贝克先生和布拉德肖先生吗？”一位身穿蓝色美国铁路公司工装裤、头上系着黄色围巾的女士走了过来。

“嗯，是我们，”纳撒尼尔舅舅答道，“有什么可以效劳的吗？”

“我是洛瑞·谢尔顿，”她和他们握了握手，“这位是里克，我的助手。”她朝一个站在她身后嚼着口香糖的瘦瘦的男人点了点头，“我是加州彗星号的驾驶员。有一位亿万富翁偷偷告诉我你们很喜欢火车。”

“噢，是的。”哈里森两眼放光地说道。

“到埃默里维尔还要三个小时。依我看，没有比火车头视野更好的地方了，”洛瑞笑道，“你们乐意去驾驶舱完成余下的旅程吗？”

哈里森和纳撒尼尔舅舅高兴地对视了一下，跟着洛瑞和里克朝火车的前部走去。

“布拉德肖先生！”当他们经过弗朗辛身边时，她喊道，“该回火车上了。”

“没关系，弗朗辛，”纳撒尼尔舅舅开心地答道，“我们要坐车头了。”

经历了横穿大半个美国的旅途后，这辆深蓝色和银色搭配的火车头上早已布满了尘土。哈里森无法抑制内心的兴奋，他顺着梯子爬上了驾驶室。这里和莫雷蒂一家的包厢大小差不多，两块宽屏挡风玻璃让他们平视着就能看到前方的铁轨。低下头则可以看到一个宽宽的控制台，上面密密麻麻的全是各种按钮、拉杆和一个黑色的小操纵杆。

“欢迎，”洛瑞说，“哈里森，你可以坐里克的椅子，按一下那个按钮，好吗？”

闻名已久的五声汽笛瞬间响彻群山，一大群鸟儿一跃而起，冲上云霄。哈里森回过头对坐在里克旁边两眼放光的纳撒尼尔舅舅咧嘴一笑。洛瑞推动油门把手，引擎发出轰鸣声，整列火车开始移动了起来。火车沿着铁轨驶出山地，在平地上逐渐加速，跨过萨克拉门托，接着又穿过了戴维斯①。

当他们行驶在贝尼西亚－马丁内斯大桥②上时，哈里森愉

① 戴维斯为加利福尼亚州的一座城市。——译者注
② 贝尼西亚－马丁内斯大桥位于加利福尼亚州。——译者注

快地长出了一口气。他一边享受着车轮轧过铁轨时发出的隆隆声，一边凝视着从圣华金河①和萨克拉门托河②流到旧金山湾的波光

粼粼的流水。一切都很美好，

玛丽安回到了自己父母的身边，而他则驾驶着加州彗星号，带着银色的超级车厢一路向前。

---

① 圣华金河为加利福尼亚州中部的河流。——译者注

② 萨克拉门托河为加利福尼亚州中部的河流。——译者注

第三十二章

银色日光室

哈里森出神地看着行驶在山坡上的缆车。这是他在美国的最后一天，阳光明媚，纳撒尼尔舅舅答应带他去观光。他们的第一站便是旧金山缆车博物馆。

在去博物馆的路上，哈里森看见一排滑旱冰的女孩匆匆地经过一家卖海盗服装的商店。与这座城市相比，克鲁简直太普通了，但他仍然盼着回家。

“我们还没有写明信片。”他对舅舅说。

“还有时间。说到时间，”纳撒尼尔舅舅看了看手表，“我说过，我们要在这里见一个人。”

“你什么时候见我迟到过？”一个熟悉的声音传来。

“佐拉！”哈里森一听到她的声音，立马转过身来。她一如往常，打扮得非常时髦，一件芥末色的衬衫搭配了一条黑色的裤子，脖子上戴着一条很粗的金项链。

“你们不会以为我什么独家新闻都没拿到，就让你们离开美国吧？”她笑着说道。

“独家新闻？”纳撒尼尔舅舅问道。

“哈里森·贝克，铁路侦探，”她比画出标题框的样子，“侦破加州彗星号绑架案。”她扬起眉毛，问道：“不错吧？”

“看来进一趟牢房并没有改变你。”纳撒尼尔舅舅苦笑着说道。

“在拘留所待 24 个小时算不上进过牢房。”她把手腕往上一挑，“好了，我请你们吃午饭。你们得跟我好好说说。”

佐拉领着他们来到拐角处小山坡上的一家餐馆。经理把他们带到后面一张安静的桌子旁。坐下来后，佐拉拿出一个微型麦克风，接上了她的智能手机。

“这是干什么？”纳撒尼尔舅舅问道。

“独家新闻的事情我可没开玩笑，”佐拉说道，“我想知道一切。但首先，我有一份礼物要给哈里森。”她把手伸进包里，拿出一个用牛皮纸包着的长方形盒子，说道：“谢谢你成功破案，帮我省了一笔律师费。”

撕开包装，哈里森发现这是加州彗星号老式观光车的模型。侧面的铭牌上写着“银色日光室”几个字。“噢，这太漂亮了。”他小声地说道，模型细节做得如此精致让他大为赞叹，“谢谢您。”

“里面还有灯光。”佐拉说，哈里森的反应显然让她很满意。

“真好看。”纳撒尼尔舅舅伸出了手，“能给我看看吗？”

“我也有东西要给您，”哈里森说着，挽起袖子，取下了佐拉的那块泽科纳手表，“我可不想把它弄丢了。”

佐拉把手表戴回手腕上，举手叫来一名女服务员，然后他们点了几杯饮料。“我们上火车之前，我就告诉奥古斯特我在为泽科纳工作了，”她说，“可他告诉我，他打算将电池设计用于公共设施，加速清洁能源的使用。泽科纳也可以在他们的汽车上使用这种电池，这是个绝佳的消息。”她打开了笔记本。“我有很多问题要问，你是什么时候开始觉得有怪事要发生了？”她打量着哈里森问道。

“在我们上火车之前，我就有这种预感。”哈里森拿出他的速写本，翻开第一幅画——芝加哥联合火车站那幅，“您看，玛丽安在这儿。她在眨眼睛。刚开始，我以为她是在对莱恩眨眼睛，但其实她是在对基恩使眼色。我当时就觉得有点儿不对劲，但不知道是什么。”

“你是怎么想到玛丽安和莱恩互换了身份？”

“上火车的第一天，我们和莱恩还有基恩一起吃了午饭。莱恩跟我做了几个手势，还在我的速写本上写下了‘救命’这个词，”他翻到那一页，给佐拉看了看，接着又说，“我原以为他要告诉我的是‘救救玛丽安·雷扎’，但其实不是。他是想让我帮他，那条信息应该是‘救命！玛丽安·雷扎’，他本来还有话要说的，可基恩把他带走了。绑架案发生后，我一直试图去问问莱恩到底是怎么回事，可他根本不知道我在说什么，因为跟我对话的其实是打扮成莱恩的玛丽安。联想到后来找到的那张糖纸，我才开始怀疑玛丽安其实还在火车上。哈德莉连帽衫的出现证实了这一点，可我想不明白她是怎么上的车，也不知道她在哪儿。”

食物上来了，哈里森一边吃一边继续他的讲述。

“哈德莉是一名魔术师，正是她让我意识到，绑架案可能是预先设计好的。之后，我注意到在我的速写画里，玛丽安在博物馆穿的鞋子和那个被扔进后备厢的人穿的鞋子不一样，但我真没想到她居然会伪装成莱恩，藏在大家的眼皮子底下，直到我后来在基恩房间的垃圾桶里发现了她的头发。

“当弗朗辛说基恩和莱恩在盐湖城下了车时，我意识到他们肯定是听到了纳撒尼尔舅舅和我还有莫雷蒂一家在讨论案情。他们担心我们会发现玛丽安伪装成了莱恩，所以他们溜进了银色童子军车厢，想在那里躲到终点，可他们不知道我已经破解了车门的密码。”哈里森笑着说道。

用餐期间，他把自己和莫雷蒂兄妹做了哪些侦探工作都告诉了佐拉。而佐拉又追问了他更多的问题：“阿德伯特·卡培琪，或者说卡伦·坎宁安，这个人一共有五次诈骗和勒索的犯罪记录。你什么时候开始怀疑……”

“抱歉，佐拉，”纳撒尼尔舅舅看了眼手表，打断了她，“三点了，时间到了。”

当舅舅招呼服务员过来结账时，哈里森瞥见了三个熟悉

的身影从窗前晃过。他跳了起来，椅子向后滑了一大截，与此同时，餐厅的门被猛然拉开，哈德莉和梅森冲了进来。弗兰克·莫雷蒂跟在他们后面，他身上穿着一件色彩鲜艳的衬衫，有点儿秃的头顶在午后的阳光下闪闪发光。

“我就知道你能行！”哈德莉上气不接下气地叫道。

“夏洛克·达·芬奇又立功了！”梅森一边说，一边抱着哈里森转了几圈。

“噢，我喜欢这个名字，”佐拉说着连忙记了下来，“夏洛克·达·芬奇。”

“快把我放下来！”哈里森哈哈大笑，“你们在这里干什么？”

“你开玩笑吧？”梅森咧嘴一笑，“我们从新闻中得知，有一个虎头虎脑的英国孩子解开了神秘的玛丽安·雷扎绑架案之谜……”

“他们一直吵着让我跟你舅舅通电话。”弗兰克·莫雷蒂把话接了过去。

“我觉得这应该是个挺棒的惊喜。”纳撒尼尔舅舅微微一笑。

“你们去好好玩吧，我来买单。”佐拉说着挥了挥手。

“咱们去 39 号码头，”哈德莉边说边把哈里森拉到了门口，“那里有游乐设施。”

“或者去水族馆？”梅森提议道。

“只要能让我坐缆车，去哪儿都行。”哈里森说，“嘿，哈德莉，你这里有东西……”说着，他从她耳朵后面掏出了一枚硬币。

“你练得不错啊！”她看上去非常高兴。

哈里森点了点头，说道：“你肯定会为我感到骄傲的。我用法式硬币魔术的手法骗过了基恩，用我口袋里舅舅的行李箱钥匙换走了他的手铐钥匙。”

“你被铐起来了？！”梅森深吸了一口气，“快跟我好好讲讲。等一下！”他从口袋里掏出一台银色的录音机，“好了，快跟我们说说。不过，在那之后，你能念一遍字母表吗？”

哈里森、纳撒尼尔舅舅和莫雷蒂一家有说有笑地登上缆车，向码头驶去。他们在游乐场里尽情地玩耍，追逐海鸥，吃着冰激淋，凝望着海湾对面的金门大桥[1]。

① 金门大桥为世界著名大桥，横跨加利福尼亚州的金门海峡。——译者注

这是一次奇妙的旅行——你会结识新朋友，会有各种难忘经历的那种旅行。

作者笔记

致亲爱的读者

我们试图尽可能忠实地还原美国的铁路路线，但和往常一样，为了写出一个好故事，我们对现实情况做了一些改动。希望你们能原谅我们的任性。

真正的加州彗星号

加州彗星号高度还原了一列真实存在的火车——加州西风号，你可以乘坐这列火车横穿整个美国。这也是闻名美国的铁路旅行路线之一。与加州彗星号一样，这列火车从芝加哥联合火车站出发，经过三天两夜，最终会将乘客带到旧金山郊外的埃默里维尔。整列火车由超级客车车厢组成——这一点也和加州彗星号一样，虽然它们的时刻表略有不同，但路线基本一致。

银色童子军车厢

纵观整个 20 世纪，带有观景圆顶的车厢在沿途风景较好的美国客运列车中非常常见。正如纳撒尼尔舅舅在第二章中提到的一样，20 世纪 40 年代，人们为加州西风号一共打造了六节银色圆顶车厢，其中好几节车厢的名字都是以“银色”开头。银色童子军车厢本身是虚构的，但它高度还原了这些圆顶车厢，尤其是现实存在的银色日光室车厢。与银色童子军车厢一样，银色日光室车厢也是一节私人车厢，而且已经被翻新过了。在撰写本文时，这节车厢还可供私人包租。

闪亮的银色圆顶车厢属于全球现代主义设计趋势——流线型风格的一部分。这一风格主要表现在对曲线轮廓和空气动力学流线的应用。这种设计风格曾经风靡一时，以至于那些本来不能自己移动的东西都被设计成了符合空气动力学的样子，比如建筑物、真空吸尘器，甚至是烤面包机！

私人轨道车

你真的可以购买自己的私人火车车厢并乘坐它旅行，就像奥古斯特·雷扎那样。以前，许多有钱人都有为自己量身打造的私人车厢。如今，这种现象已经完全消失了——有钱人更喜欢私人飞机。有些铁路公司的旧车厢退役后会被卖掉，避免沦为废品。不过，通常情况下，买家要花很多钱才能让它们再次行驶。有些人会为恢复老式车厢昔日的辉煌而感到非常自豪。这些老式车厢有时会被称为“清漆车厢”。在美国，美国铁路公司允许你把私人车厢挂在绝大多数火车后面，每英里只需付几美元。

高速列车

直到20世纪中期，铁路还是美国大陆最主要的交通方式，但随着汽车和飞机越来越受欢迎，美国的铁路客运系统开始衰落。如果你现在出门旅行，自驾或者坐飞机可能会更快更便宜（不过，我们认为可能会少了很多乐趣！）。

目前，有一些准备在美国建设新的高速铁路线路的计划，使火车能够吸引更多城际旅客。但我们想，这些计划中没有一个能与书中奥古斯特·雷扎提出的设想相提并论。雷扎计划修建的第一条铁路线——东北走廊，实际上是美国最快列车的故乡，美国铁路公司广受欢迎的阿西乐特快列车就诞生在此，其时速可达150英里。但是很可惜，只有部分路段能够达到这个速度，也就是说整个旅程还是要比欧洲的许多专用高速铁路系统慢，比如法国的TGV高铁和德国的ICE城际特快。

更多……

美国有一些铁路博物馆，比如本书中提到的位于奥马哈的达勒姆博物馆。如果你在英国，同时又想了解更多关于火车的知识，我们推荐你去约克的国家铁路博物馆，那里收藏着来自世界各地的真火车。玛琳就是在那里爱上了火车。

你也可以访问我们的网站，在 adventuresontrains.com 上找到许多很棒的资源，并了解更多关于哈里森的故事。

致谢

为了写这本书，我们做了很多研究，其中最重要的莫过于乘坐加州西风号从芝加哥前往旧金山，但是很可惜，我没能亲身体验。幸运的是，萨姆·塞格曼和汤姆·利普体验了这趟旅程。对此，我深表感激，他们亲自乘坐这趟列车的经历让本书的故事变得更加丰富。

我还要感谢佩恩和泰勒为哈德莉的魔术表演提供了灵感。我看了他们关于魔术的一系列大师班教学，并在此基础上创造出了属于哈德莉的魔术。正是他们教会了我法式硬币魔术，现在，这是我在派对上的保留节目。

对于每一本《火车探案记》，我都要感谢萨姆，因为他是一位出色的合著者。在我们精心创作每一本书的过程中，我们的关系不断发展，他已经不仅仅是一个同事和一位朋友了。写下这段话时正值新冠肺炎疫情封锁期间，这让我意识到自己多么想念他。过去的12个月对我来说非常混乱，与萨姆一起工作却那么愉快。他的建议、见解和支持，使我能在困难的时候保持乐观。我不知道要如何表达，我之所以能一直保持理智、潜心创作，这一切都要归功于他。“谢谢”这两个字似乎太过普通，但这是我首先要对他说的话。

我还要感谢麦克米伦出版公司的每一个人，是他们帮助我们把“火车探案记”系列浩浩荡荡地带入了现实世界。他们努力工作，将书中的故事送入每一位读者的手中与脑海中。我特别想为我们的编辑露西·皮尔斯、才华横溢的凯特·麦肯纳、乔·哈达克和阿利克斯·普莱斯喝彩。

我每天都对科斯蒂·麦克拉香兰——我出色的经纪人心怀感激，谢谢她与我并肩作战，她总是像一位视死如归的战士一样冲进战场，拔出手枪，吸引炮火。我很幸运有她做我的搭档。永远不要离开我，科斯蒂。

我还想亲自感谢每一位推荐、阅读或评论我们书籍的书商、图书管理员和读者。我为你们而写作，你们的鼓励就是我的氧气。

我还要感谢我那些不因循守旧的家庭成员（你们知道我说的是谁），是你们在激励并支持着我，是你们在为我的书叫好，是你们在为我加油。

还有亚瑟、塞巴和萨姆——这一切都是为了你们，没有你们，这一切都不会存在。我爱你们。

M.G. 伦纳德

写作有时是一种孤独的挣扎，我很高兴自己足够幸运，能够和朋友一起写这本书。玛雅，谢谢你能容忍我的任性。你让写书变得容易多了。对我来说，和你一起工作仍然是一种荣幸和享受，我已经等不及开启我们的下一次冒险了。

如果没有汤姆·利普，就不可能有这本书。汤姆是我孜孜不倦的知己、游戏旅行的伙伴、优秀的搭档。他总是对我充满关爱和支持，知道如何在我怀疑自己时安慰我。我永远对他心存谢意。

为了写作这本书，我拉着汤姆搭乘真正的加州西风号一路从芝加哥到了旧金山——这段经历我将永远珍藏在心里。感谢加州西风号的全体工作人员，他们给我们带来了无限的温暖和热情，让我们的旅程充满喜悦和灵感。

感谢我的父母。你们赋予了我成为一名作家所需要的一切。当然了，你们给予我的远不止这些。特别感谢你们带着我到世界各地冒险，这些奇妙的经历塑造出了哈里森对旅行乐趣的向往。

我的工作大家庭依然让我佩服不已——我那位不可思议的经纪人科斯蒂·麦克拉香兰，以及能让“火车”永远准时运行的麦克米伦团队。我还要感谢我们的编辑露西·皮尔斯——你总是那么冷静和清醒。感谢凯特、乔、阿利克斯、萨姆以及所有为我们努力工作的人。你们真是太棒了。

我们杰出的插画师埃莉莎·帕加内莉为哈里森的每一幅画作赋予了生命，她工作起来迅速而又准确，并且总是能一下明白我们脑海中的想法。你真是一位天才。谢谢你！

也谢谢萨姆·斯帕林，他总是问我要不要留下来吃晚饭。

没有书商和图书管理员与读者分享，一本书就什么也不是。我非常感谢你们所有人，谢谢你们完成了如此重要的工作，把《加州彗星号绑架案》送到了世界各地的读者手中。谢谢你们在有这么多选择的情况下好心地选择了我们的书。最要感谢的还是我们的读者，你们的热情对我们来说意义重大。这本书是献给你们的，希望你们喜欢。

萨姆·塞格曼

感谢阅读！

哈里森的下一趟旅程期待您的加入！